超馬童話4

大冒險

大家來分享

王淑芬／劉思源／林世仁／賴曉珍／王家珍／王文華／顏志豪／亞平●著
李憶婷　等●繪

推薦序

八仙過海，各顯神通

林文寶　臺東大學榮譽教授

週末夜晚，我習慣在家觀賞歌唱節目，電視臺重金禮聘兩岸三地當紅歌手，為他們舉辦歌唱比賽。各自在市場上擁有千萬粉絲的明星們，被摘下光環，轉變成選手身分，必須在殘酷的戰場上相互較量。每個人各憑本事與實力，必須擄獲觀眾芳心，才能得到選票生存下來，否則將被無情淘汰，最後誰能存活就是冠軍。這儼然是歌唱版的生存遊戲，原本打算讓歌聲洗滌腦袋、徹底放鬆，卻意外跟著賽況起伏緊張。

如此巧合，字畝文化出版社來信詢問是否能為新書寫序，發現他們竟然是找來八位成名童話作家，依照同樣命題創作童話，完成的八篇作品，將被放在同一本書裡，任由讀者品評，多麼有挑戰性！但也多麼有趣啊！這跟我所看的歌唱節目根本沒有兩樣，但似乎更有看頭！仔細閱讀整個系列企畫，才知道這是一個超級馬拉松的概念，意思是指這一群童話作家，歷時兩年，共同創作八個主題的童話，最後完成八本書，換言之，這場戰爭總共會有八回合，而這本書是第四回合，選題：「分給你」。

果不其然，高手過招，精采絕倫，每位作家根本沒在客氣，毫無保留展現自己的堅強實力，表面客氣平和，但從作品水準可見，每一篇作品都拿出大絕招，無所保留，讀著讀著，連我這個老人家都沸騰起來。

八仙過海，各顯神通。八位作家，八種風景，八種路數，八種風格，真的讓我驚艷與驚喜。這場超級馬拉松，逼迫選手不得不端出最強武器，展現最厲害的招式。閱讀過程中，我或許真的可以理解，為什麼他們是這片武林中的高手？因為從他們的作品中，可以感受到他們稱霸武林的銳氣與才氣，他們獨一無二，他們無法取代，我想這或許也是他們成名的原因吧。

光有好選手是不夠的，字畝文化幫選手們打造了一個非常別緻的舞臺。書的設計相當有趣活潑，正文前面有作者的「冒險真心話」，每一位作家就是一位選手，一棒一個故事，一棒接過一棒，當最後一棒衝過終點線時，這一回合的比賽主題「分享——分給你」也在讀者的面前，淋漓盡致的詮釋與表現。這個企畫也讓我們感受到，後現代多元共生，眾聲喧嘩的最佳示範。

外行看熱鬧，內行看門道，這八篇故事都是傑作，各有巧妙，各自精采，我相信對於想創作童話的大朋友，或者想要如何寫好作文的小朋友，都有絕對助益。

不知劇情的演進會如何？請拭目期待！

出版者的話

一次品嘗八種口味的美妙童話

馮季眉　字畝文化社長兼總編輯

一個初夏午後，八位童話作家和兩名編輯，在臺北青田街一家茶館聚會。散居臺東、南投、臺中等地的作家迢迢而來，當然不是純為喝茶，其實大夥是來參加「誓師大會」的，因為，一場童話作家的超級馬拉松即將起跑。

這場超馬，源於一個我覺得值得嘗試的點子：邀集幾位童話名家，共同進行一場馬拉松長跑式的童話創作，以兩年時間，每人每季一篇，累積質量俱佳的作品，成就精采的合集。每集由童話作家腦力激盪，共同設定主題後，各自自由發揮。

稿約滿滿的作家們，其實一開始都顯得猶豫：要長跑兩年？但是又經不起「好像很好玩」的誘惑，更何況一起長跑的，都是彼此私交甚篤的好友，童心未泯的作家們也就迷迷糊糊同意了。畢竟，這一次，寫童話不是作者自己一人孤獨的進行，而是與當今最厲害的童話腦，一起腦力激盪，玩一場童話大冒險的遊戲，錯過豈不可惜？「誓師」當天，大夥把盞言歡，幾杯茶湯下肚，八場童話馬拉松的主題也在談笑中設計完成。

對作家而言，這是一次難忘的經驗與挑戰；對出版者而言，同樣是場大冒險。因為出版計畫的戰線拉得很長，而且出版方式也是前所未見：這系列童話，有如MOOK（雜誌書，性質介於雜誌 Magazine 與書籍 Book 之間），每期一個主題，每季出版一本，共八本。自二〇一九年至二〇二〇年，每季推出一集。

《超馬童話大冒險》系列八個主題，其實正是兒童成長過程中，必會經歷的人生習題，每一道習題，都讓孩子不知不覺中獲得身心發展與成長。小讀者細細品味這些故事的時候，可以伴隨書中角色一起探索、體驗，經歷快樂與煩惱，享受閱讀樂趣，並能體會某些事理，獲得成長。

各集主題以及核心元素如下：

第一集的主題是「開始」，故事的核心元素是「第一次」。

第二集的主題是「合作」，故事的核心元素是「在一起」。

第三集的主題是「對立」，故事的核心元素是「不同國」。

第四集的主題是「分享」，故事的核心元素是「分給你」。

第五集的主題是「從屬」，故事的核心元素是「比大小」。

第六集的主題是「陌生」，故事的核心元素是「你是誰」。

第七集的主題是「吸引」，故事的核心元素是「我愛你」。

第八集的主題是「結束」，故事的核心元素是「說再見」。

兩年八場的童話超馬開跑了！這些童話絕對美味可口、不八股說教。至於最後編織出怎樣的故事，且看童話作家各顯神通！

來吧，翻開這本書，進入超馬現場，一次品嘗八種口味的美妙童話！

聽聽悄悄話

英雄聯跑的大冒險真心話

林世仁

難得跟這麼多童友「英雄聯盟」，我很想跟大家一塊合力，激起一次童話界的八級地震或八次驚艷（希望不是八次哈欠啦）。

可惜我寫出來的作品似乎不夠酷炫，沒達到「動作片」的強度。還好，其他七位童友寫得都很好玩、很好看。那麼，我的童話就請大家放慢腳步，輕鬆欣賞——因為「天天貓」是從我的童年遙遙遠遠回盪過來的。它不像我的其他童話，卻觸動了我的心弦。

賴曉珍

很榮幸參加字畝這次的「童話超馬大冒險」企畫案，也很高興能與多位童友合作。記得討論會那天，我從童友們的思考方式和提議學到很多，瞭解原來別人是這樣構思靈感與創作的，令我大感佩服。這也是我的「第一次」經驗，未來，我會創作一系列「黑貓布利與酪梨小姐」的故事，藉著他們的經歷與互動，告訴大小讀者何謂「情緒」。

創作童話，對我而言是件很孤獨的工作。自己一個人對著電腦發呆，或是長吁短嘆，或是滿心喜悅，或是奮力捶鍵，無論如何，都是一個人。

童話馬拉松的創作行伍，讓我感到：太棒了，吾道不孤！知道我在寫這篇童話時，也有幾個同伴一起孜孜矻矻，絞盡腦汁——這時，孤獨感會降低，革命情懷不自覺出現，當然，競爭感也來了：這個主題他們會怎麼寫？該不會我的作品最沒創意吧？寫童話真是一件有趣的事啊！

亞平

王家珍

超馬童話從二〇一八盛夏起跑，到現在才跑完「半馬」。這一年多來，大老虎從大明星變小丑，體驗到許多「第一次」，演藝生涯重新「開始」。老虎和狐狸被迫「在一起」，「合作」演出最扯的故事。狐群狗黨．最佳拍檔從同一國的好麻吉，變成「對立」、「不同國」的競爭對手。被詛咒的野豬和惡棍野狗在第四集碰頭，搞不清楚狀況的野狗居然敢強迫野豬「分享」……

「第一次」參加童話馬拉松，和幾位朋友「合作」寫書，在想像的世界裡，我們雖然「不同國」，卻沒有「對立」的煙硝味。這些故事豐富了我的生命，迫不及待想與你「分享」。

劉思源

「一加一等於二」是不變的數學公式，但創意的公式卻充滿變化，當八位童話作家一起奔馳想像大道，彼此碰撞，互相激發，勢將引爆無限的創意，而且從各種角度撞擊讀者，迸出燦爛火花。有幸參與這場狠有趣、狠挑戰、狠創意的童話接力賽，既緊張又痛快的和童友們盡情玩耍一場。

王淑芬

小學起，我便常被老師指定參加作文比賽、演講比賽。命題式的創作，其實比自由選題難多了；比如題目是〈我的媽媽〉，那就絕對不可以寫爸爸——咦，誰說的？說不定別出心裁，不離題，但卻讓人完全意想不到，也很成功。

不過，成為作家後，我就不接這樣的邀稿了，依規定主題來寫，真的綁手綁腳耶。所以，當字畝文化的總編輯來電邀約，我當然一口就……

你猜錯了，我其實一口就答應。

因為如果在規定主題之下，我還能跳脫規定，寫出別人意想不到的點子，那才有資格叫作：童話作家。

童話最在意的，就是要妙、要創意大爆炸呀！何況這個企畫案，還同時邀了我的多年寫作好友，能藉此看看他們怎麼爆炸，多學幾招，多好！

王文華

當我獲邀參與這個計畫時，滿腦子想的都是，怎麼辦，怎麼辦，其他七個作家個個都很會寫故事，這下子……

「你先敷面膜。」我媽媽大概以為我是要去走秀。

「我是要寫故事。」

「那一樣不要比輸，我看，我去幫你買人參，燉隻雞，吃完你再寫？」

「如果來隻人參豬更好。」我腦海裡叮咚一聲，突然有個想法了……如果有隻小豬愛吃人參？或是人參愛上了小豬，用這題目來寫，其他人一定想不到？或是一群來自火星的動物，他們全都失業，需要找個新工作……

顏志豪

某天，飛鴿捎來一封信，「敝社將舉辦一場別開生面的童話擂臺賽，不知有無興趣？」

「擂臺賽？」

繼續往下讀，「我們邀請各路好手，個個武功高強，準備決一死戰，看誰能獨霸武林。」此時，眼前刀光劍影，干戈鏗鏘，內心翻騰澎湃。

戰前會當日，我已經備妥關刀，雄赳赳，氣昂昂，氣勢絕對不能輸人！這將是一場你死我活的戰爭，拼了！

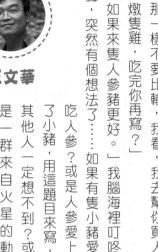

目錄

三劍客的三把劍

王淑芬

繪圖／蔡豫寧

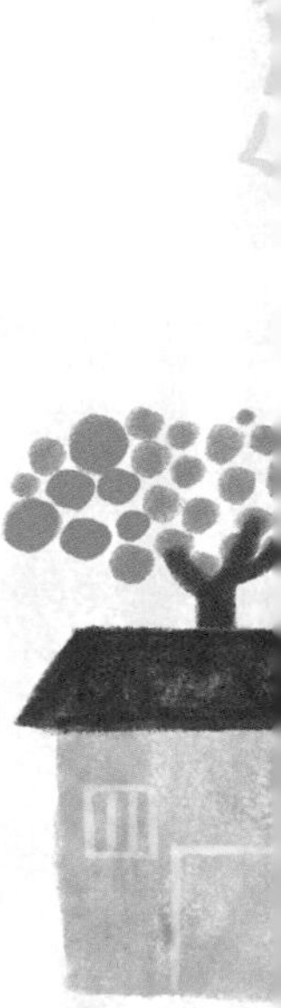

並不遙遠的一個村莊，住著上百戶人家。多數人種稻米，更多數人種花，還有更多更多人種的是紅蘿蔔。

為什麼有那麼多村民種蘿蔔？莫非，村裡的人家家養兔子？不是。莫非村裡人十分注重眼力，常吃紅蘿蔔補充營養？也不是。

只因為，這個村裡出了三戶人家，赫赫有名，人稱三劍客之家。百年前，三戶人家各有個兒子，對讀書沒興趣，對種菜種花沒興趣，只對練功有興趣。三個人像是三兄弟，每天練著他們自創的武俠招數，倒也練出一身工夫。

長大後，他們還到市集去參加各種武術比賽，總是拿下前三名。再過一段時間，名聲愈傳愈遠，連皇帝都知道有三位年輕俠士，比賽永遠拿下一、二、三名。於是邀請他們到皇宮裡，讓大家見識一下。

「什麼，要見皇帝？」三個人中年紀最大的趙大，聽了立刻尖叫。

年紀排第二的徐中，也大叫：「我沒有禮服。」

最小的柳小也叫著：「哎呀，見到皇帝該跪下還是蹲下？」

三個人唉聲嘆氣，都覺得真倒楣，沒事幹麼被皇帝召見，麻煩極了。不但要準備一堆禮物送給皇帝，而且聽說整個宮裡上上下下有幾千幾萬人，到時候萬一記不得名字，叫錯人，顯得自己笨。

最重要的，趙大忽然想起一件真正可怕的事。

「我們要在皇帝面前表演什麼？」

他們三個人的本事，也就是把腳踢得半天高，把腰彎得像座橋，把頭抬得脖子長。有時參加武打比賽，不過就是打打太極拳，大喝一聲把對手嚇倒。又因為每次比賽，經常只有三個人，也就是他們三個，於是永遠包辦前三名。

皇帝應該不想看這種無聊的打拳與踢腿吧；如果他老人家看得不滿意，一怒之下，下令處罰三人，那該怎麼辦？

趙大的頭很大，想法也很多，於是想出一個點子：「不如，我們來練劍。我曾在山上見過一位白髮老人，舞著一把亮晶晶的劍。把劍往右邊一劃，喝！」他的手用力往右邊一甩，比出一個帥氣姿勢。

徐中與柳小也點點頭，想像著手中拿著劍，往前指、往後刺；往上挑、往下戳。「不錯不錯，舞劍感覺很厲害，也很有氣質。」柳小說完，還決定把頭髮染成白色，說是這樣看起來更有仙氣。

三個人立刻到隔壁村裡的兵器店，挑了自己滿意的劍。趙大選了一把金色的，徐中的是銀色的，柳小為了搭配髮色，買了白色的劍。

趙大說：「幸好我們不管做什麼，都是三個人一起。」因為正巧店裡打折，三把劍有優惠，三支一百元，挺划算的。

這下三個人總算可以不再煩惱表演內容太幼稚，安心的睡覺了。

當天夜裡，趙大睡得正香，忽然被一把劍輕輕刺了一下，他嚇得跳起來。

「是我啦。」原來是徐中拎著他的銀劍，正愁眉苦臉的坐在床邊。

「大哥，我一向心思細密。這件事我左思右想，老覺得還是有點不安。剛才躺在床上翻來翻去，聽到我娘在鄰房罵我：『徐中，你快睡。』我才知道哪裡有問題。」原來，徐中想起：他們的劍沒有名字。

「想想看，當我們準備在皇帝面前表演劍術時，他一定會問：『這是什麼劍？』」徐中解釋，「到時，難道要說，這是三支一百

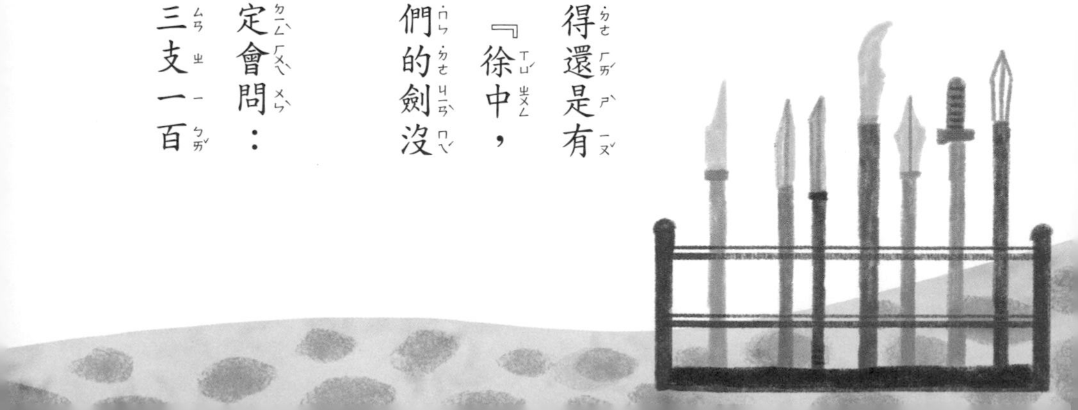

元的劍？」

這事情可嚴重啦。沒有名字的便宜貨，居然敢在皇帝面前耍弄！

兩個人速速拎起各自的劍，跑去找最愛看書的柳小。柳小目前已經讀過兩本武俠小說、一本笑話集、一本食譜呢。在三個人中，是最有學問的。

柳小聽到這事，也皺眉苦思：「的確。得幫我們的三把劍，取個響叮噹好名，否則，能見尊貴的皇上嗎？」

於是，柳小運用他多年的閱讀素養，從讀過的武俠小說中，抄了三個名字。「大哥，您的劍，就叫無敵。」

趙大聽了十分開心。無敵寶劍，多神氣呀！

「二哥，您的劍，就叫無雙。」

徐中喜歡這個無雙寶劍的美名。

至於柳小自己的，就叫「無窮寶劍」。

無敵、無雙、無窮，真是無與倫比、無限強大的好劍好名啊。三兄弟各自握著自己的劍，一起將劍指向天空，齊聲道：「我們三劍客今日有幸取得好劍美名，從此發誓：三人永遠同心。不論富貴貧窮，都一起分享、分擔。」

至於為什麼要發這種誓，其實是柳小建議的。因為他想起來，他讀的那本武俠小說，書中的俠客沒事就喜歡對天發誓。反正大半夜的，也睡不著了，閒著也是閒著，就來發誓吧。

到了上皇宮那日，三劍客雖然緊張，但想到不論如何，三個人總比一個好。「三人同心、團結力量大、三個臭皮匠，勝過一個諸葛亮。」柳小把他讀過的句子都背出來，果然是三人中閱讀素養最高的。

趙大拍拍兩位弟弟的肩：「我們從小一起長大，一塊燒餅都能分著吃，只要在一起，遇到什麼事都不必怕。」倒也是，當年三個人，連燒餅上的芝麻，都一粒粒數著，平均分成三份、很公平的分著享用呢。

果然在皇帝面前，一位大臣除了要他們報告自己的名字，還問了：「這是何方寶劍？」

皇帝一聽到三把劍的名號：「無敵寶劍、無雙寶劍、無窮寶劍」，樂得眉開眼笑說：「真是吉祥好名。」接著請三個人舞了一段劍術，皇帝也看得連連點頭。

「既然三劍客身懷絕技，想必適合擔任本朝的武術將軍，帶領軍隊前去殺敵。」皇帝欣賞完表演，下了一道命令。

趙大尖叫：「不！」他平時一看到血就會昏倒哩。

徐中也叫：「不！」因為他擔心皇帝聽到趙大的「不」，氣得砍三個人的頭。

柳小的「不！」同時響起。不過，他是跑到皇帝耳邊，小聲的說。

只見皇帝一面聽柳小說明，一面點頭，最後還哈哈大笑。

「來人！請帶三劍客到祥龍廳，與我一起享用美味佳肴。」皇帝說完，就在眾人護衛下，離開了。

「真是太驚險了。」趙大說。

徐中問：「你說了什麼，讓皇帝那麼高興？」

柳小說：「我說了一個笑話給他聽。我不是讀過一本笑話集嗎？閱讀真的很有用。」

柳小說的笑話是：「無敵劍，指的是沒有敵人時才用的劍。無雙劍，指的是一次只能一個人用，不能兩個。無窮劍，指的是這把劍很便宜，買了也不會窮。」

趙大與徐中一起大喊：「冷笑話！」

可是因為平時皇帝很少聽笑話，所以這樣的無聊冷笑話，他仍然覺得有趣。

午宴時，皇帝吃著喝著，心情很好，又想到一個問題：「如果你們的劍不能殺敵，那有什麼用途？」

糟了，皇帝發問，哪能拒絕作答？

幸好柳小又說了：「古語說：好的寶劍削鐵如泥，意思是很銳利，砍鐵製的東西，就像在砍泥巴一樣。可是，我們平常沒事，誰會拿劍去砍鐵鍋、鐵碗？」

皇帝點頭：「有道理，這樣很浪費。」

柳小說：「所以我們的劍，是拿來削蘿蔔的，削蘿蔔如泥。」他還當場示範：以無窮寶劍快速切紅蘿蔔，切得薄如紙片，還刻成花朵造型。然後以鹽醃一下，再加入麻油、醋，一點糖、蒜末，完成一道「涼拌紅蘿蔔」。這當然又是柳小從他讀過的那本食譜中學來的。

皇帝吃了，龍心大喜！只因宮中老是大

魚大肉，他根本沒吃過這麼清爽開胃的小菜。

三劍客上朝覲見皇帝的這一天，便平安又快樂的結束了。皇帝最後賜給他們一樣好禮：日後宮中每天都供應這道「涼拌紅蘿蔔」，且保證以高價自三劍客的村莊購入紅蘿蔔。

從此村民多種植紅蘿蔔，過著無憂無慮的生活。大家都感謝三劍客將好運分享給所有村民。

三劍客的後代子孫，一直都保持良好的友情。沒事就拿著當年爺爺們留下來的三把傳家寶劍，在村裡廣場聚會，分享彼此家裡的趣聞與美食。不過，

他們現在對這三把劍名號，有新的解釋。

「只要團結無私，便能天下無敵。還能無雙：沒有禍與害。最後，當然是福氣連連，無窮無盡。」

《三劍客》是法國小說家大仲馬的著作，一八四四年出版，也有人譯為《俠隱記》。小說背景是十七世紀，講述主角少年達太安，他與三位劍客參與了宮廷的鬥爭。是一本生動緊湊的小說，適合中學以上學生閱讀。

作者說

有難同當不容易

人際間最可貴的地方，是當困難時，有人願意分擔你的憂慮，甚至與你同行，幫助你解決困難。有福同享很簡單，有難同當就不容易了。如果幸運的遇見有難可同當的人，一定要珍惜。

超馬童話作家

王淑芬

王淑芬，臺灣師範大學畢業。曾任小學主任、美術教師。受邀至海內外各地演講，推廣閱讀與教做手工書。已出版「君偉上小學」系列、《我是白痴》、《小偷》、《怪咖教室》、《去問貓巧可》、《一張紙做一本書》等童書與手工書教學、閱讀教學用書五十餘冊。

最喜愛的童話是《愛麗絲漫遊奇境》與《愛麗絲鏡中漫遊》，曾經為它做過好幾本手工立體書。最喜愛書中的一句話是：「我在早餐前就可以相信六件不可思議的事。」這句話完全道出童話就是：充滿好奇與包容。

小饕餮闖夜市

劉思源

繪圖／右耳

咕嚕咕嚕咕嚕……

奇怪，這是什麼聲音？

「好餓好餓好餓喔！」這個冬夜特別冷，也特別容易餓。小饕餮阿滿張開大大的嘴，打個大大的哈欠，大大的眼睛滴溜滴溜的轉。

小饕餮阿滿從長長的睡夢中醒來，這一覺，三千三百年。牠是傳說中的古獸，出生在商朝，和五個哥哥一起住在一個大約高三十公分、口徑十八公分的中小型青銅鼎上。

鼎，是古代的烹煮工具。對啦！就是鍋子，煮肉的鍋子。青銅鼎，就是青銅做的鍋子。

阿滿住的這個鍋子有三隻腳，腳上頂著一個像大水缸的容器，

就像挺個大肚子似的，兩旁附著兩隻大耳朵把手。

而阿滿和哥哥們為什麼會住在鼎上呢？官方說法義正詞嚴：因為饕餮太貪吃了，往往吃到撐破肚皮，而丟了性命，所以傳說如果在食器上妝飾些饕餮紋，擔任反貪代言人，必能勸戒人們吃喝節制。

「才不是這樣呢！」根據阿滿的自我註解，因為饕餮吃什麼都覺得香噴噴好吃得不得了，若是讓牠們住在鍋子上，可謂「香」得益彰，鍋裡的食物一定更好吃。而鑄造匠人特別為牠取名為阿滿，無非希望牠可以隨時肚子吃「滿滿」，是非常棒的吉祥話呢（這位好匠人將六頭饕餮依照排行，命名為阿好、阿鮮、阿香、阿肥、阿甘、阿滿）。

瞧，阿滿真是頭自我感覺良好的小饕餮，不是嗎？但其實說白點，就是隻「貪吃獸」而已！人家都說饕餮是惡獸，其實只是一直很飢餓的野獸罷了。根據很早很早的傳說，之前有幾隻特別貪吃的饕餮，見一個吞一個，甚至把自己的身體都吃掉了。

阿滿搖搖頭，這可不是開玩笑的！牠特別和哥哥們進行防護措施，把全身塗滿辣椒油，這樣就算一時糊塗咬了一口，也能立即警醒。

話說回來，青銅是貴重金屬，當然不是貧窮人家可以使用的，阿滿和哥哥們曾經過了一陣子吃好吃滿的好日子。可是隨著歲月流逝，朝代更迭，牠們和青銅鼎一起被埋入黃土中，原本亮燦燦的

金黃色身軀，漸漸變成烏青青的。剛開始牠們還掙扎著吃吃幾隻路過的小蟲子、小老鼠等，但後來鼎愈埋愈深，饕餮們全身不得動彈，只能啟動不吃不喝的類冬眠模式，沉沉睡去。

不然呢？埋在地

底的牠們，放眼望去只能吃土！

今天阿滿為什麼會醒來呢？理由應該只有一個——餓死了，但還沒死。

阿滿伸出爪子，想抓醒哥哥們，可是沒有一頭饕餮醒來，通通繼續睜著眼睛睡大覺，看來魔法只發生在阿滿身上。

「附近有東西吃嗎？」阿滿轉頭四處觀望，並試著伸展四肢，同一個姿勢維持太久，身體難免僵硬。

「咦？我怎麼可以動了？而且四周並非黑漆漆、沉甸甸的土壤？還有微微亮光照在身上？」阿滿忍不住大叫，牠怎麼這麼愚鈍？牠所住的青銅鼎已經不在土裡面，而是高高的放在一個美麗的大宮殿裡。

阿滿的大眼睛眨啊眨，太奇特了，這座宮殿又大又寬敞，並隔間成幾個小廳。而牠身處的地方，散放著許多大大小小的青銅器。

「嗯，我認得那個是酒瓶。」

「旁邊那個是水瓢。」

「大盤子是洗手盆。」

可惜這些東西都沒人使用，而是像藝術品般，陳列在華美的展示臺上。

咕嚕咕嚕咕嚕……飢腸轆轆的聲音再度從阿滿的肚子裡發出

來，而且愈來愈大聲。再也忍不住了！阿滿立刻跳下青銅鼎，踏著疾風一樣的步子，四處尋找可吞吃的。

「一羊二牛三雞四豬……」阿滿數著念著夢想美食，忽然牠轉念一想，幸好哥哥們沒有醒過來，免得大家搶著分一杯羹，饕餮家族都是百分之百不肯、不願、不想分享任何食物的貪吃獸。還是等牠吃飽飽，再想辦法叫醒牠們。

但阿滿走了一圈，什麼吃的也沒有。牠再走一圈，想尋點蛛絲馬跡。

咦？每件青銅器的前面都有一個小牌子，上面畫著許多橫七豎八的線條，又像字又像畫，可惜牠一個也看不懂。

「哼！還是靠自己最可靠。」阿滿皺著鼻子嗅啊嗅的，他的鼻孔特大，嗅覺一級棒。可是牠沒有聞到一丁點食物的味道，而且也沒有一絲絲烹煮東西的火氣。

牠不死心，決定擴大搜尋範圍，發誓踏遍宮殿的各個角落，尋找一線生機。

「紅燒肉？」忽然阿滿眼睛一亮，一塊油油亮亮的五花肉端放在前方的小桌几上。

那還等什麼？牠撲上去，一口咬住。

喀！一根尖尖的虎牙從阿滿嘴裡蹦出來。

「好硬！這是什麼鬼東西？硬邦邦的像石頭一樣。」阿滿摀著

嘴叫，牠的牙齒又老又蛀，脆弱不堪，一碰就掉了。

牠不知道，那塊肉真的是塊石頭。

阿滿眼尖又看到一棵翠綠的白菜——上面的兩隻小蟲。

阿滿本來只吃肉，但現在肚子餓扁扁，吃點青菜墊墊底也不壞，況且還有小蟲蟲塞牙縫。阿滿奮力一撲，一咬——

啊！好硬、好冰，這又是什麼鬼東西？

牠不知道這棵白菜也是石頭。唉！又一根虎牙也跟阿滿告別了。

「假食物真可怕！」阿滿鐵青的一張臉，真難看。不過反正饕餮吃東西通常都是急吼吼用吞的，少幾顆牙並不特別礙事。

這時，忽然一縷淡淡的烤肉香從走廊角落的窗戶飄過來。

「烤羊肉！」這個味兒阿滿絕對不會弄錯。阿滿想也不想，扛著青銅鼎──牠的小房子、小爐子、小鍋子，循著香味從窗口跳出去，奔向黑夜的另一頭。

香味愈來愈濃，阿滿一路狂奔，最後來到一處鬧哄哄的夜市。夜市不大，短短兩百公尺，但香噴噴的烤羊肉串、炸雞腿……一攤接一攤，讓阿滿忍不住流口水。

「開吃！」阿滿張開大嘴，朝著比牠的腿還長的大雞腿奔過去。

「給錢！給錢！先付錢再給雞腿。」虎老闆手腳快，立刻把炸雞腿拿開。

阿滿覺得莫名其妙，牠一向吃的都是免費的「鍋邊」肉，哪需要付錢？牠不理睬虎老闆的虎視眈眈，大吼幾聲，伸爪就抓了擺在攤子上的炸雞腿。

「哼！這種白吃客我看多了。」虎老闆立刻把雞腿通通丟下油鍋，「你敢把爪子伸進油鍋就去拿呀！」

「好燙！好燙！」阿滿趕快把爪子縮回來，眼巴巴瞪著冒著泡泡、在鍋裡上上下下「油」泳的雞腿們。

「你八成是新來的吧？」虎

老闆瞪著阿滿，「這裡是大名鼎鼎的野獸派夜市，每攤的食物都是野獸攤主親自捕捉和精心料理的，不能白白送給客人吃，每一樣都需要付費的。」

不說不知道，野獸派夜市是一群流浪野獸聚集的流動夜市，走到哪兒就在哪兒開張做生意，而且在第二天天亮前就像煙霧一般消失，是個來無影去無蹤的夢幻夜市，運氣超好才碰得上。

阿滿聽了快哭出來，牠是隻古獸，又埋在土裡三千多年，叫牠到哪裡去找錢？而且阿滿發現虎老闆手上的錢幣，跟以前用的銅錢也不一樣，牠剛出生時人們還用貝殼當錢幣呢。

沒有什麼比看得到卻吃不到更難過的了。

「用搶的嗎？」阿滿打量小攤車的野獸老闆們，個個雄壯威武，一個一個來，牠一點兒也不怕，但一起湧上來就沒把握了。

咕嚕咕嚕咕嚕……阿滿的肚子震天響，牠跑了那麼久，肚子更餓了，大大的淚珠從牠的大眼睛滾出來。

「不哭！不哭！」虎老闆最怕別人哭，這頭野獸長得真奇怪，頭上頂著彎彎的羊角，身軀也像頭羊，最特別的是一張大嘴，好像一個無底坑，牙齒尖尖的，四肢也長著尖尖的爪子……真不知是從哪個天邊來的，而且背上還揹個奇怪的三腳大缸？

「這個缸是用來泡腳的？醃醬菜的？洗衣服的？」虎老闆問。

「都不是。」阿滿放下青銅鼎，「這是煮東西的鍋子。」

「鍋子？」虎老闆拍拍腦袋，靈機一動，「有辦法了，這個鍋子看起來挺堅固耐用的，我們這兒就缺個最夯的鐵板燒小攤，沒魚蝦也好，你乾脆擺個『銅』板燒小攤，賺點錢買東西吃。」

阿滿聽了眼睛瞪得好大，這個辦法太好了，牠可以邊煮邊吃，就算沒賺錢也不會餓肚子。

可是柴火呢？食材呢？調味料呢？阿滿想到這些雜七雜八的麻煩事，頭又低了下去。

「別急，這時候就要靠大家幫幫忙囉！」虎老闆拍胸保證，野獸也是有義氣的，不可以見餓死不救。

虎老闆召集所有小攤車老闆，請大家找找看身邊的東西，有什麼就分享什麼，不用多，沒有（或不想）也絕不勉強。分享，就是要甘心樂意。

於是大家紛紛動員起來，賣生魚片的山貓大叔送給阿滿幾隻蝦子；賣燒烤的黑熊老爹切了一小節香腸給阿滿；賣雞蛋糕的花豹大嬸分了一小把麵粉給阿滿；虎老闆則分了一些柴火和一碗油給阿滿……。

在大家的幫忙下，小饕餮銅板燒順利開張。只見阿滿老闆一會兒洗洗切切，一會兒煎煎炒炒，忙得滿頭大汗。牠把幾隻蝦子放入小鼎，一會兒冒出滿滿的一鍋胡椒蝦；牠把一節香腸放入小鼎，

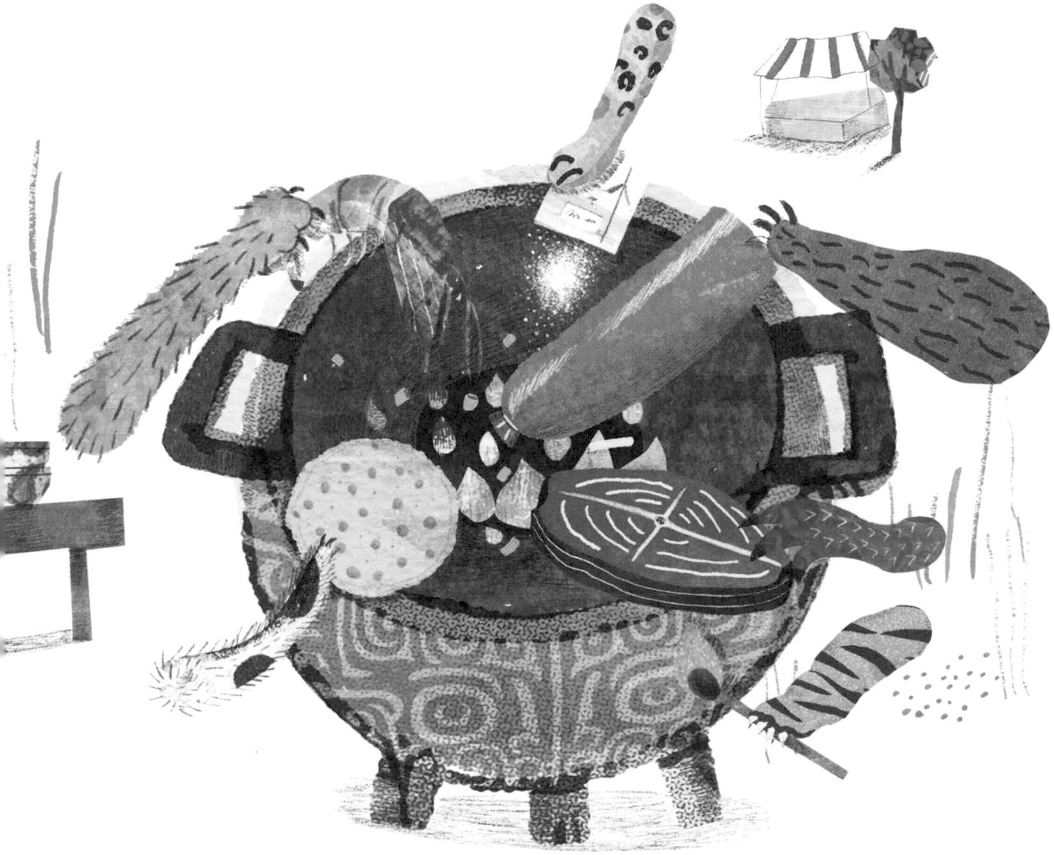

沒多久蹦出一串串烤香腸；更神奇的是，阿滿把麵粉搓成麵條放入小鼎，眨眼間香香炒麵就不停的流出來。

「這是什麼神奇的鍋子？」大家目瞪口呆，盯著青銅鼎哇哇叫。

阿滿開心的笑了，這裡只有牠知道，這個青銅鼎不大，但有魔法——當小饕餮甦醒時，每頭饕餮都負責一種煮食特效，阿滿把食材變多、阿香添加香料，阿肥爆油花……煮出世界上最好吃的餐點。

那還等什麼？饕餮就是饕餮，

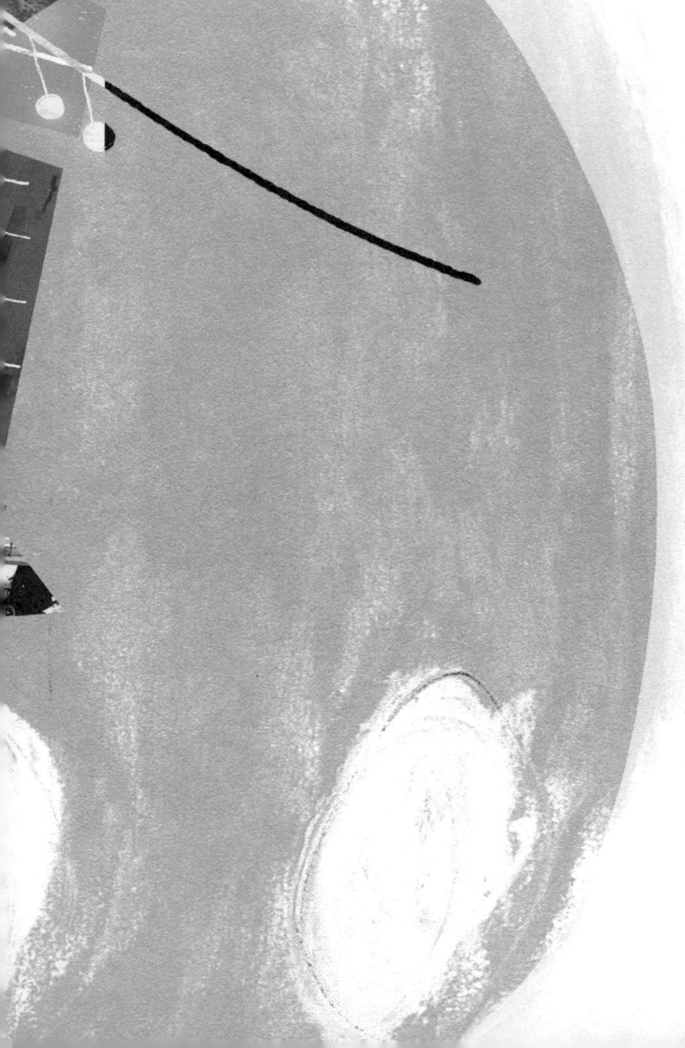

不等客人上門，阿滿搶先大口大口的吃著吞著各種好料，肚子像氣球一般圓滾滾的漲起來。

小饕餮阿滿的吃相讓食物看起來更美味了，成了現場最佳活招牌，客人們一擁而上，排起長長的隊伍搶著來吃銅板燒。

今天真是幸運的一天。阿滿吃得飽飽，賺得飽飽。

夜深了，打烊了，阿滿心滿意足的跳回青銅鼎上睡覺，這一覺不知又要睡多久？

作者說　與小饕餮相遇

我們家向以好吃（吃好）傳家，爸爸日日夜夜、歲歲年年、點點滴滴的培養小吃貨，跟著他東市買菱角、西市挑豬腳……

當我第一次看見青銅鼎，驚訝的得知這個又重又黑的傢伙，其實是個超級大鍋子，立刻和駐守其上的野獸饕餮對上眼，合胃口。牠那兩個大大的眼睛似乎在說：「一起吃吧！」至於是獨享享，還是眾樂樂，都有好滋味。

超馬童話作家　劉思源

一九六四年出生，淡江大學教育資料科學學系畢業。

曾任漢聲、遠流兒童館、格林文化編輯。目前重心轉為創作，用文字餵養了一頭小恐龍、一隻耳朵短短的兔子、一隻老狐狸和五隻小狐狸……。

作品包含繪本「短耳兔」系列、《騎著恐龍去上學》；橋梁書《狐說八道》系列、《大熊醫生粉絲團》，童話《妖怪森林》等，其中多本作品曾獲文建會「臺灣兒童文學一百」推薦、好書大家讀年度最佳少年兒童讀物獎，並授權中國、日本、韓國、美國、法國、俄羅斯等國出版。

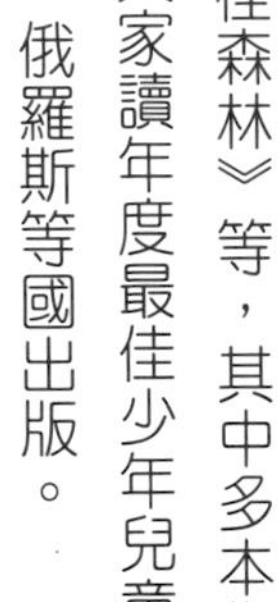

林世仁

天天貓：女巫公主的藥材

繪圖／李憶婷

大清早，我沒聽到公雞「喔喔喔！」，只聽到一聲貓叫：

「喵——！」

我朝窗外望了一眼，一輪滿月高高掛在天上。

不用看，我知道天天貓就站在門口。

「走吧！」牠看了我一眼，轉身便往門外走。三個小花斑在牠屁股上顛啊顛，好像在對我眨眼睛。我嘆了一口氣，跟上去。

一出門——「喵！」

我就知道，我又變身了，這次成了「睡衣貓」！

✶

「這次又要去哪？」有了上次經驗，看到牠的花斑我知道這次要去的不是我的童年，而是天天貓的。

果然，天天貓變得年輕多了！是牠剛當上女巫貓的模樣。

「好事，」牠像上次一樣，笑得賊兮兮的，「有天大好事要分享給你喲！」

哼！別害我就好，我可不奢望能分享到什麼好事。

✱

轉過圍牆，我看到一個熟悉的身影。

「哈囉，睡衣貓！原來是你啊。」女巫公主拍了一下天天貓，「嘿，你說要帶朋友過來，怎麼一去這麼久？」

天天貓朝我努努嘴，好像在怪我貪睡。

女巫公主把我抱上掃帚，天天貓俐落的跳上後座。「起飛！」

清涼的夜風呼呼吹，我的心跳得好厲害。

不是因為怕高，而是因為被女巫公主抱在懷裡。

她的懷抱好溫柔，還帶著一股清香。

她怎麼可能是那個村子口的瘋婆婆呢？

她們一定是兩個不一樣的人吧！

＊

我們的影子飛過森林柏樹的樹梢，輕輕停在一間林中小屋前。

「嘎嘎嘎！」「吼吼吼——」「咯咯咯！」「呱呱呱！」……

小屋前好多動物，歡喜得又蹦又跳，自動讓開路。

「大家好！」女巫公主走進小屋，天天貓朝外大喊一聲：「老規矩！一個一個來。」動物立刻排成長長一條線。

我跟著走進屋，看見牆上全是瓶瓶罐罐。那感覺好眼熟——啊，好像瘋婆婆的草藥店！難道——

女巫公主坐下來，她銀鈴似的美妙聲音立刻趕跑了我的猜疑。哈，怎麼可能？瘋婆婆的聲音像破銅爛鐵呢！

「虎大王，您想分享什麼？」

「當然是我的吼聲！」

女巫公主取來一個陶瓶，虎大王對著瓶口大吼一聲。牆上的瓶瓶罐罐全嚇得跳起來，差點跌落地。

「謝謝您，真是大氣的聲音。」女巫公主把陶瓶交給天天貓，天天貓立刻在上頭標注，放回牆架上。

「鹿妹妹，你想分享什麼？」

梅花鹿原地踢踢躂躂，還優雅轉身、扭了一下屁股。「我想分享我的蹄印子。」

「好美的印記！」女巫公主拿出一卷紙，拓印下梅花鹿的蹄印子。

「黑熊伯伯，你想分享什麼？」

黑熊哈哈大笑，「我的笑聲，可

以嗎？」

「當然可以，」女巫公主的眼睛也笑起來，「我正缺少這麼開心又宏亮的藥材！」

「猿大哥，您想分享什麼？」

長臂猿咻一下跳上樹，長臂一勾、一伸，繞著小木屋遛了一圈。

「真是帥氣的身影！」女巫公主用一面鏡子把它照下來，小心收好。「這個影像很有用呢！」

「喜鵲妹妹，你想分享什麼？」

「眼淚可以嗎？」

喜鵲說：「是喜極而泣的珍珠喲！」

「哇，好珍貴的眼淚。」女巫公主取來一根細管子，貼著喜鵲的眼睛，收集了一滴銀亮亮的光。

動物一隻隻走進屋……架上的瓶瓶罐罐接力賽似的被拿上拿下……當我最後再一次環視它們，發現那些瓶瓶罐罐都閃閃發光，好像裝滿了螢火蟲。

「這是怎麼回事？」我問天天貓。

天天貓轉頭對我一笑，突然變得又老又髒，好像幾年沒洗過澡。

我再看向女巫公主，老天！那不是瘋婆婆嗎？

一雙大手把我抱起來，熟悉的聲音在我耳邊響起來：

「乖，不怕不怕，給婆婆看一下。」

啊，是媽媽！

我的眼淚立刻汪汪流下來。嗚……媽媽從天堂來看我了？

「弟弟乖，不哭不哭！」瘋婆婆的臉湊過來，拉起我的手。

我想掙脫卻逃不開，我揮揮小手——小手？我低頭看自己。老天，我還沒滿一歲吧？媽媽呢？我抬頭看，啊——媽媽好年輕！

年輕的媽媽真好看！看著看著，思念塞滿我的胸口，我又哇哇哭了起來。

「婆婆幫幫忙！這孩子拉肚子拉了一週，都拉瘦了！」媽媽疼惜的親親我，又摸摸我的肚子，用閩南語說：「肚子秀秀！不疼！不疼！」

瘋婆婆微微笑。「這孩子受了驚，收收驚就好。」她把一碗米倒進盤子裡，用紙錢壓壓平，放在供桌上，又拿起我的小圍

兜蓋在米上。「囝仔無通驚，天地眾神來收驚！魂無驚，魄無驚，心肝定，定心肝，魂魄入心肝……」

瘋婆婆掀開小圍兜，看了看米粒上的痕跡。

「哦，原來是山上的猴精跑進小弟弟身體，害小弟弟一直拉肚子。」她轉身取出一個陶瓶，拔開瓶塞，對準我的胸口。「山大王，一聲吼！猴精退散，速速回山——！」

啊，我想起來了！媽媽說我剛出生時是個胖娃娃，後來拉肚子拉成了瘦小猴。還好有去收驚，不然大概會瘦成一根小牙籤。

原來，幫我收驚的是瘋婆婆！

（我很懷疑：治好我的，是山大王的吼聲？還是瘋婆婆的嚇人聲音？）

我抬頭看向瘋婆婆，發現她又變回女巫公主，草藥店也變回山中小屋。

「喵！」天天貓衝我一笑，我愣愣看著牠，好半天回不了神。

這究竟是怎麼回事？

屋外的動物分享完牠們的藥材，卻都沒有散去。

「人類呢？」虎大王問：「人類會分享什麼給我們？」

「人類創造了很多東西，」女巫公主露出陽光般的微笑，

「這一次，我又帶回許多新藥材，誰有需要，請留下來。」

「哦耶！」一些動物歡呼起來。

小屋前，動物重新整隊。許多動物回家去了，高壯、健康、宏亮的動物聲音消失。留下來的動物發出虛弱、疼痛、不舒服的聲音。

「我的心扭傷了！」一隻山貓哀哀叫：「嗚——好疼！」

女巫公主抱起牠，幫牠在心口上貼了一帖膏藥。「裡頭有森林芬多精，還加了岩蘭草精油。貼三次，就會好起來。」

一隻雲豹說：「我的靈魂尾巴快斷了！跑不快。」

天天貓取出一個ＯＫ繃，幫牠黏合。女巫公主說：「我加進了貝多芬的『快樂頌』，可以讓你跑得更開心喔！」

一隻金絲猴說：「我的毛色變淡了，怎麼辦？」

天天貓遞給牠一塊七彩肥皂，女巫公主說：「裡頭沾了馬蒂斯的顏料，能讓你重返青春喔！」

真是奇特的分享，我一邊看一邊納悶：我在這裡幹什麼啊？

又一隻劍齒象走上前。「我的長牙齒生病了，它看到什麼都想戳，好可怕，怎麼辦？」

女巫公主皺起眉頭，「啊，我手邊缺少這一帖藥……嗯，請等一下，我馬上回來。」她轉頭對天天貓說：「我得去人界一趟，你先幫我在這裡陪大家。」

「沒問題！」天天貓挺起胸膛。

女巫公主騎上掃把離開。剛開始動物都很有耐心，但是沒多久，劍齒象背後就跳出一個身影，大聲說：「我等不及了，能不能先幫幫我？」

我一看，全身立刻打起哆嗦！

是猴精。

猴精抱著肚子說：「我的肚子老是餓餓餓，吃什麼都吃不飽，請幫幫我！」

哈，猴精也會餓肚子？真是老天爺開眼！

「別幫牠，牠活該！」我大叫，天天貓卻完全沒聽見，在牆架上翻翻找找，好像我是隱形人。

「應該是這個吧？」天天貓取出一粒藥丸，對猴精說：「吃下這藥丸，肚子就不會再餓了喔。」

猴精吞下藥丸，蹦蹦跳跳開心走了。

「天天貓！」我好生氣，「你怎麼可以幫我的仇人？」

「我沒有幫牠，」這會兒，天天貓又看見我了，「我是害了牠。」

畫面迅速快轉。

我看到猴精抱著肚子在天空上飄來飄去，哀哀叫：「脹啊！脹啊！脹啊！」

我看到女巫公主好不容易才抓回猴精，幫

牠消去脹氣，變回原形。

「只有好心是不夠的，」女巫公主敲敲天天貓的腦袋瓜，「要有能力才能出手。」天天貓低著頭，一直說抱歉。嘿，女巫公主弄錯了吧？我衝進眼前的影像，抱起天天貓，親了牠一下：「謝謝你幫我報仇！」

天天貓抬起頭，笑笑說：「不謝。這次我找你來，就是要請你幫一個忙。」

話一說完，畫面又迅速快轉。

一抬頭，我又看到猴精了。這一次，牠瘦得無精打采，看起來好可憐。

「好難過啊！我好想再分享一次小弟弟的身體，」猴精看著我，怯怯的說：「可以嗎？」

當然不可以！我可不想再拉肚子！

天天貓卻把我往前一推，說：「沒問題。」

沒問題？我轉向女巫公主。她竟然也微笑的點點頭。

不會吧？難道我也變成了「藥材」？

「我不要啊！」我大叫一聲，猴精卻跳進了我的身體。

突然記憶在我腦海裡，咻咻快轉。

一個畫面浮現出來：我真的像猴子一樣胡亂蹦，吱吱吱，笑得傻呼呼！

啊，那是我長大後，參加文學獎，接到得獎通知的時候。掛斷電話後，我開心得像一隻傻猴子，興奮得又跳又叫：「首獎？首獎？我得了首獎！」

哈哈，原來這就是閩南語說的「著猴」啊！能這樣讓猴精上身一次，「分享」我的興奮——嘿，我也不反對啦！

遠遠的，模模糊糊的，我彷彿看見猴精又恢復了健康，在那圓圓的滿月上，開心的蹦蹦跳著呢。

作者說　互相效力的美好

故事裡的收驚情節是真的喔！媽媽說我一歲以前是個胖娃娃，後來莫名其妙拉了一星期肚子，人瘦了一圈，從此才變成瘦娃娃。幫我收驚的阿婆說這都要怪山上的猴精，是牠跑到我身上搞怪！這輩子，我就這麼一次跟「神話動物」有連結。長大後，我進入科學世界，再不曾碰過類似的事。故事裡女巫公主向動物借神力（好像中藥向植物借神力），也把人類的事物回饋給動物。這是我感謝萬事萬物互相效力（也互相影響）的美好！

超馬童話作家　林世仁

文化大學藝術研究所碩士，專職童書作家。作品有童話《不可思議先生故事集》、《小麻煩》、《流星沒有耳朵》、《字的童話》系列；童詩《誰在床下養了一朵雲？》、《古靈精怪動物園》、《字的小詩》系列、圖象詩《文字森林海》；《我的故宮欣賞書》等五十餘冊。曾獲金鼎獎、國語日報牧笛獎童話首獎、好書大家讀年度最佳少年兒童讀物獎，第四屆華文朗讀節焦點作家。

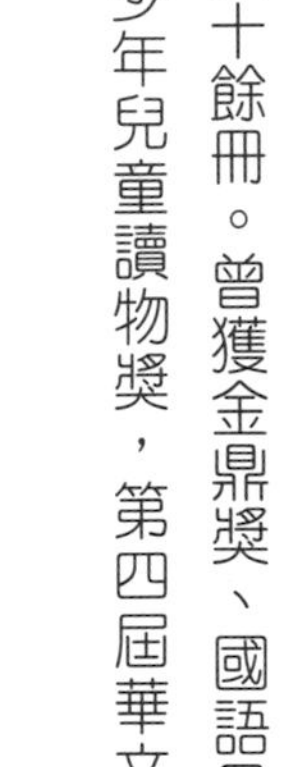

黑貓布利：分享價甜點

賴曉珍

繪圖／陳銘

黃昏時候，一個背著書包的小女生走進酪梨小姐的甜點店，直接走到角落擺放的一個籃子前，看了一下，露出失望的表情。

這個籃子上其實有個名字，叫做「分享籃」，但今天裡頭卻是空的。

小女生沒有多停留，馬上走了出去，因為她還

要趕去黃昏市場買菜，然後回家做晚飯。

小女生叫小雅，讀小六，附近的店家都認識她，酪梨小姐跟布利也不例外。

看見小雅失望的離開，布利嘆了一口氣。

說到分享籃的由來，就要回到布利剛學做甜點的時候。

那時的他，每天都有許多練習的NG作品。這些NG甜點大部分還能吃，只是賣相不好，所以酪梨小姐把它們挑選出來，裝成一袋一袋，貼上非常便宜的「分享價」，放進分享籃裡販售。

酪梨小姐這麼做，除了「惜物」，最主要是為了鼓勵布利。她認為，布利如果看見顧客購買自己做的甜點，會更有信心，也會更有學習動力，技術也會愈來愈進步。

因為分享價太便宜了，幾乎是「贈送」的價格，所以很多精打細算的顧客，會每天很早來店裡，搶分享籃裡的NG甜點。

「布利，看來你的NG甜點比我做的甜點還受歡迎呢！」酪梨小姐曾開玩笑說。

布利總是不好意思的搔搔頭，決心更努力學習，將甜點做得更好。因此，現在分享籃裡的NG甜點愈來愈少了，甚至還有顧客抱怨呢！

「啊！最近特地來了幾次，都撲了空，沒有買到分享價的甜點，是不是有人一開店就來買走了？」

酪梨小姐笑著回答：「不是喔，應該是布利的技術進步了。沒有分享價甜點，你要不要看看『每日一物』的特價甜點呢？今天是用新鮮檸檬汁做成的檸檬塔喔！」

布利雖然很高興自己的技術進步了，但是看到顧客沒買到分享價甜點而失望的表情，又感到莫名的抱歉，尤其是對小雅。

布利從左右鄰居口中得知，小雅很小的時候爸爸就過世了，她跟媽媽還有兩個弟弟住在附近一棟破舊公寓裡。

小雅的媽媽每天從早到晚工作，非常辛苦，所以她從小就懂得幫媽媽跑腿買東西，並且照顧兩個弟弟。

從小三開始，她還要幫忙買菜，做飯。附近的店家都很照顧

她，嘴巴上不說，但都會默默的為她打折，或是免費送她一些賣相不好的蔬果、食物和即期商品。

小雅曾買到幾次分享價甜點，非常開心。可是，近來NG甜點變少了，她又必須等到傍晚放學後才能來，更不可能買到了。儘管如此，她還是每天來看看，想碰碰運氣。

最近，布利發現酪梨小姐每天都會「做壞」一些餅乾。說是做壞，其實只是形狀有點不整齊，看起來還是很好吃。但是，她都說那是不及格的NG餅乾，把它們裝成一袋，貼上分享價後，放在櫃檯底下。

到了傍晚學生放學的時刻，也就是小雅通常會進店裡的時間，酪梨小姐就默默的從櫃檯底下拿出那袋NG餅乾，慢慢的走到分享籃前，儘量不讓其他顧客發現似的偷偷放進去。

沒多久，小雅推門進來，第一目標便是走向分享籃。當她看到這袋餅乾時，兩眼發亮，立刻拿去結帳。

「哇！我今天運氣真好，這袋『惜福』餅乾看起來好好吃喔！」小雅天真的說。

「是啊！它好像一直在等你來買似的。」酪梨小姐笑咪咪的說。

布利將一切看在眼裡，完全明白酪梨小姐在做什麼。他好佩服酪梨小姐，覺得她心腸好又聰明。

此外，酪梨小姐還會變換花樣，每天「製作」不同的NG餅乾，或是不需要冷藏的NG常溫蛋糕，等小雅來買。

因此，布利傍晚時就變得好緊張喔，很擔心小雅進店之前，那袋NG甜點會被其他眼尖的顧客先買走。

其實酪梨小姐自己也很緊張。布利發現她每次放下那袋NG甜點後，會不時的盯著店門，看看有什麼客人進來？

有一次，她看見一位向來精打細算的顧客要走進店裡，立刻衝出櫃檯，跑到分享籃前收起那袋NG甜點，等那位顧客離開後，才又放回去。

儘管如此，還是會偶爾「失誤」，因為店裡太忙無法一直顧著分享籃，酪梨小姐特製的NG甜點有時會被其他顧客買走，那天就只好讓小雅失望了。

有一天，小雅進來店裡，買了分享價甜點後，還站在蛋糕玻璃櫃前看了好久。

「今天剩下的蛋糕不多了。」酪梨小姐說：「你如果需要，可以參考一下照片跟訂單，事先預訂選擇會比較多喔！是不是有人要過生日？」

小雅點點頭說：「嗯，後天是我媽媽的生日，我跟弟弟存了零用錢想買一個生日蛋糕。可是，生日蛋糕好像很貴，我跟弟弟的零

用錢不多，所以……沒關係，我再考慮一下。」

大部分的人對家裡貧窮這件事，都會感到不好意思，但是小雅表現得坦然，明白的說了自己的困難。

想了想，她又問：「對了，店裡的分享籃可能會有NG生日蛋糕嗎？」

「這個呀！」酪梨小姐想了一下說：「如果是需要冷藏的生日蛋糕，那就不可能了，不過，如果是常溫蛋糕可不一定喔！」

「太好了！那我明天、後天都來看看。」小雅說完，就急著離開去黃昏市場買菜了。

「酪梨小姐，你是不是想幫小雅？」布利直接問了。

「怎麼說是我幫她呢？小雅可是有付錢買喔，應該反過來說，是她幫我清掉NG商品吧！」酪梨小姐一派輕鬆的說。

布利覺得她很了不起，為人著想的心思很細膩。

第二天，酪梨小姐在做檸檬天使蛋糕時，故意將其中一個做塌了一點，其實，只是一角稍微有點扁，顧客根本不會介意。但是她說：「哎呀，糟糕，這個蛋糕做壞了。」然後把它收起來，放進一個蛋糕提盒裡。

那天傍晚，酪梨小姐如往常一般，將裝著NG蛋糕的提盒放進分享籃裡。

想不到才剛放進去，一個從沒見過的男孩進來店裡，看見這個便宜的NG蛋糕，二話不說就拿起來。

布利忍不住大喊：「不可以拿！」

男孩嚇一大跳，放下提盒，眼睛瞪得

好大。

布利發現自己失言了，趕緊說：「不不不，我不是那個意思，我我我，對啦，我剛剛在作白日夢，自言自語，不是在喊你，也不是跟你說話啦！」

布利到底在說什麼呀？

酪梨小姐拍拍

他，跟他說：「沒關係。」

但是布利又著急又尷尬，都快哭了。

這時，小雅推門進來了。她一眼就看到分享籃裡的蛋糕提盒，也看到了男孩。

小雅走過去問他：「你要買這個蛋糕嗎？」

男孩看看布利，看看酪梨小姐，又看看小雅，點點頭。

「啊！真可惜，我晚來了一步。」小雅說。

這時，布利已經受不了，決定什麼都不管啦！雖然他知道不可以得罪客人，還是衝出去說：「你不可以拿這個蛋糕，這是留給小雅的。」

男孩的表情很驚訝，小雅卻說：「不不不，這是他先來先拿到的，凡事要公平，蛋糕是他的才對。我沒關係。」布利轉頭看看櫃檯後的酪梨小姐。她跟布利說：「是這樣，沒錯喔！」

於是，男孩買了NG蛋糕，酪梨小姐還向他道歉：「對不起，因為發生了點誤會，今天的狀況有些混亂，請你別介意，也歡迎你常來喔！」

男孩走了以後，布利跟小雅說：「你為什麼把蛋糕讓給他嘛？我都厚著臉皮跑出來幫你『爭取』了，你竟然不要，為什麼？」

「謝謝你，我知道你的好意，還有酪梨阿姨……」她轉頭看了酪梨小姐。

小雅繼續說：「從小，我就接受鄰居們對我的照顧，這些我都了解，也很感激的接受。媽媽曾經跟我說，貧窮並不丟臉，我們可以坦然接受別人的幫忙，但是有機會我們也要幫忙別人。

其實，我早就曉得，這些NG甜點是特地留給我的，而我一直『厚著臉皮』接受你們的好意。可是我知道剛剛那個男孩，他最近才搬來跟奶奶一起住，家庭環境沒比我家好。所以，既然那個NG蛋糕可以讓他跟奶奶開心，我為什麼不給他，要自私的占有呢？畢竟我已經接受你們太多好意，不能那麼貪心，有機會應該跟別人分享NG甜點的幸福才對。」

酪梨小姐走過來說：「小雅，明天放學後，你有時間來我店裡待兩三個小時嗎？我想請你幫忙。」

「嗯，如果我先把明天的晚飯準備好，冰在冰箱裡，等媽媽回來加熱就可以吃，那沒問題。我媽媽很晚才下班，應該來得及跟她一起慶祝生日。」

「那好。」酪梨小姐說：「明天你放學後過來，我想請你幫忙整理倉庫跟置物櫃，做完後，我教你烤一個簡單的戚風蛋糕，當成工錢『付』給你，怎麼樣？」

「真的？好好好，我會來。」小雅開心的說：「酪梨阿姨，謝謝你。」

第二天放學後，小雅先回家換了衣服，拿著一條自己的圍裙趕來甜點店「打工」。

酪梨小姐要她做的工作很簡單，二十分鐘就完成了，然後帶她到烘焙廚房裡烤蛋糕。

小雅因為常做家事，又會做飯，所以學烤蛋糕的天分讓酪梨小姐很驚訝。

她的動作迅速，反應靈敏，很快就完成了一個戚風蛋糕。

蛋糕放涼後，酪梨小姐還幫忙做蛋糕裝飾：擠上鮮奶油玫瑰花跟蝴蝶結，還

用糖霜在周邊寫了一圈英文「Happy Birthday」。

小雅開心的提著這個「一百分」的生日蛋糕回家慶祝。看著她離去的背影，酪梨小姐露出微笑，布利也很開心。

第二天傍晚，小雅來了。她今天沒有直接走向分享籃，而是走到櫃檯前，拿出一個保鮮盒給酪梨小姐，說：「阿姨，這是我媽媽用切下來的西瓜皮做的醃漬醬菜，很好吃喔，她要我帶來跟你們分享。」

「啊！太好了，我很喜歡醬菜喔，吃了甜點，配點鹹味醬菜會覺得更美味呢！」酪梨小姐收下醬菜，開心的說。

小雅笑了。酪梨小姐笑了。布利也笑了。

這家小小的甜點店，充滿了「分享」的喜悅，讓每個踏進店裡的客人都感覺得到，也分享了這種幸福的能量。

作者說

把分享當成玩遊戲

我們都聽過，分享能得到快樂。但是，分享並不是一件容易的事情。如果一個人從來沒有擁有過，又怎麼能做到分享呢？分享的快樂，並不是一件用大腦理解就能學會的事情，它必須用實際的行動，才能真正體會。所以，就當成是玩遊戲，有機會讓自己嘗試一次吧！也許是跟朋友分享點心、巧克力，或是分享玩具、故事書，有了一次快樂經驗後，就會習慣做第二次，慢慢的，就會真的成為一個大方、樂於分享的人了。

超馬童話作家

賴曉珍

出生於臺中市，大學在淡水讀書，住過蘇格蘭和紐西蘭，現在回到臺中專心當童書作家。寫作超過二十年，期許自己的作品質重於量，願大小朋友能從書中獲得勇氣和力量。

曾榮獲金鼎獎、開卷年度最佳童書獎（橋梁書）、九歌現代少兒文學獎，其他得獎記錄：九歌年度童話獎、國語日報牧笛獎、好書大家讀年度最佳少年兒童讀物獎等，已出版著作三十餘冊。

野狗野豬分一半

王家珍
繪圖／陳 昕

立夏那天，野狗小口在鯨魚角沙灘看到野豬，立刻跑上前去對他說：「你就是傳說中，每年立夏就會出現在鯨魚角沙灘的野豬貝比，對吧？真開心認識你！太棒了！」

野豬瞄了野狗一眼，沒講話。

野狗繼續嘮叨：「聽說抹香鯨和海浪會聯手把一些神祕白石頭推上鯨魚角沙灘，而你要負責把這些石頭送到最北邊的海豚峽灣，對嗎？」

野豬沒說話，持續打包石頭。

野狗說：「據說包袱有兩個，一個是紅底黑點、另一個是黑底紅點，就是你手中這兩個，錯不了。來，好朋友，握個手？」

野豬把包袱綁緊，根本不理野狗。

野狗說：「傳說你得在立秋那天，把這些石頭丟進海豚峽灣，石頭一碰觸到海底，就會變成金塊？鑽石？瑪瑙？……傳說有好多種，要是我能親眼目睹，就太棒了！你說呢？」

野豬把野狗撥開，說：「五年前，我從山頂玩石頭保齡球，不小心推落大石頭，意外打死運送神祕白石頭的抹香鯨，被迫承接運送石頭的任務。從龍涎島最南邊走到最北邊的路程很艱苦，要先穿過葛雷礫石區，接下來是波赫士沙漠，最後還要穿越長滿仙人掌的沉默丘陵。你別擋路，也別跟來！」

野狗小口是出名的貪吃鬼，仗著身材壯碩，專門欺負弱小。他的口頭禪是「分我一小口」，接著就把對方的食物搶過來，狠狠咬一大口！

食物被野狗咬一口，往往只剩一小口，大家都說：看到野狗小口，腳底抹油快溜，小口咬一口，只剩一小口！

野狗小口聽到野豬運送白石頭的傳說，他很好奇運送白石頭的過程會發生什麼事？白石頭丟進海豚峽灣會變成什麼？野豬達成

任務後會得到什麼好康？

沒有好康，野豬不會一年又一年辛苦運送石頭；只要有好康，野狗都想分一杯羹。

野狗的貪心與好奇心像火山爆發，一發不可收拾，千里迢迢來到人跡罕至的鯨魚角，想要一探究竟。

沒想到野豬這麼小氣，不但不讓他跟，還講一些恐嚇的話！野狗才不肯輕易認輸，他使出「死皮賴臉」大絕招。

「我幫你揹一袋石頭。」野狗一把撈起看起來比較輕的黑底紅點包袱，揹上肩膀。

「重死我了！哎喲喂呀！」包袱彷彿千斤重，把野狗壓趴在地。包袱被搶了，野豬卻不在意，揹起另一個包袱，頭也不回的往葛雷礫石區走去，這是怎麼回事？

「好心幫你分擔，你竟然這麼無情，可惡的野豬！包袱還給你！」野狗想把重得要命的包袱卸下，但是黑底紅點包牢牢黏在他的肩膀上，拿不下來！

「我快被壓扁了你還不過來看看！」野狗哀嚎著。

野豬頭也不回的說：「立秋那天把石頭丟進海豚峽灣之後，包袱才能拿下來！別再鬼叫了，快走！」

野狗看著黏在肩膀上的包袱，嚇出一身冷汗，咬緊牙根奮力站起來，跟著野豬走。

葛雷礫石區酷熱又乾旱，野狗走得又熱又累，奇怪！為什麼野豬頭上有一大塊烏雲跟著他走？

野狗加緊腳步追上去，擠著野豬說：「過去一點，烏雲分我一半！」

「一半？沒問題，烏雲分你一半。」野豬說。

野狗頭上果真出現一塊烏雲，但是野狗不滿意：「你的烏雲好大，我的烏雲好小！」

「不滿意？要我收回來嗎？」野豬問。

「開什麼玩笑？有總比沒有好！」野狗說。

又走了一陣子，野豬停下腳步，抬頭張嘴，頭頂的烏雲就化成小雨落下，他仰頭喝雨水，好像喝甘露，一臉享受。

「喂！小雨分我一半！」野狗說。

「一半？沒問題，小雨分你一半。」

野豬說。

野狗頭上那小塊烏雲也下起毛毛雨，不過雨很小，只夠潤喉。

野狗嘀咕著：「小氣鬼，喝涼水！」

野豬說：「如果有涼水喝，我還真想當小氣鬼。」

走著走著，野狗肚子咕嚕咕嚕叫得好大聲，他說：「我肚子餓，食物會從天上掉下來嗎？」

「從天上掉下來的，除了雨就是鳥屎，你想吃哪一個？」野豬從包袱掏出大大的麵包果，坐在石頭上吃了起來。

野狗也往包袱裡掏，但是包袱緊束，野狗打不開。

「可惡的野豬，麵包果分我一半！」野狗露出貪吃鬼嘴臉，作勢要搶。

野豬說：「你罵我什麼？你要別人跟你分享，都不講『請』這個字嗎？你不趕快道歉、不說『請』這個字，就只能吃你罵出來的難聽話！」

野狗惡瞪著野豬，一把怒火從頭頂噴出來，握緊拳頭正想揍野豬一頓，嘴巴裡卻冒出噁心怪味，這該不會是難聽話的味道吧？野狗不想吃難聽的話，肚子又餓得難過，只好不甘不願的道歉：「對不起，請，分我一半麵包果。」

「一半？沒問題，麵包果分你一半。」野豬鼻頭朝野狗肩膀上的包袱指了指。

野狗往包袱裡掏，掏出一小顆麵包果，兩三口就把麵包果吃光光，肚子還是餓，但他不敢再抱怨。

太陽下山，野豬頭枕著包袱，趴下來睡覺。

野狗左看右看，

礫石區幾乎沒有其他平地，就對野豬說：「過去一點，平地分我一半。」

野豬說：「少講一個字。」

野狗翻著白眼說：「請！分我一半平地。」

野豬說：「一半？沒問題，平地分你一半。」

野狗腳邊出現小半塊平地，他不敢囉嗦，頭枕著包袱躺下，辛苦跑了一整天，他還來不及抱怨屁股和大腿底下都卡著小石子，就睡得四腳朝天。

第二天一大早，野豬把野狗叫醒趕路，一大塊烏雲在野豬頭上，野狗頭上的烏雲小小一塊。

口渴的時候，張開嘴巴抬起頭，雨就下來了，野豬那裡的雨大、野狗這邊的雨小。

他們一天只吃一餐，野豬從包袱拿出大大的麵包果，野狗拿出來的永遠是小小一顆。

野豬帶著野狗，通過葛雷礫石區、穿越波赫士沙漠，通過長滿仙人掌的沉默丘陵，平安抵達海豚峽灣。

野豬指著一塊巨石說：「明天是立秋，中午時分要站在那裡，把白石頭丟進海灣。」

看到陡峭險峻的峽灣地形和強勁的海風，野狗嚇得腿軟，萬一腳底一滑，被風吹落大海可怎麼辦？

野狗熱心提議：「我都好心幫你把石頭揹來了，你經驗多，你來丟！」

野豬冷冷回答：「自己揹來的石頭自己丟，否則包袱和石頭就會變成瘤，永遠長在你身上。」

野狗哭喪著臉，叫苦連天，早知道就不要貪心、不要使壞、不要把包袱搶過來揹，可惜，千金難買早知道哇！

傍晚，吃過麵包果，躺在星空下準備睡覺，野豬吩咐野狗，明天中午把石頭丟進海豚峽灣之前，先大聲說出喜歡的魚，每講一種就丟一顆，石頭一碰觸海底，就會變成真的魚。野狗賭氣的說：「我只想把整包石頭丟進大海，拍拍屁股回家！」

野豬說：「如果你不一顆一顆丟，也不許願讓石頭變成魚，這些石頭會拉著你，把你帶到海底……」

野狗大聲抱怨：「後果這麼嚴重，你現在才跟我說？每次都命令我做這個、做那個，我不聽你的命令就恐嚇我，太過分了！」

野豬提醒他：「都怪你自己，問都不問就把包袱一肩扛起。都已經走到這裡了，好好把石頭一顆一顆丟完，有那麼困難嗎？」

野狗理虧，只好乖乖閉嘴。

第二天中午，野豬和野狗站在大石頭上，野豬拿出一顆白石頭，邊丟邊說：「這是一隻抹香鯨。」野豬每次想到被他害死的抹香鯨，都非常自責，這五年來，他把石頭丟下海豚峽灣，第一個說出口的都是抹香鯨。

野狗照著昨晚想破頭才想到的妙招，學野豬的話說：「這也是一隻抹香鯨。」

兩塊石頭一碰觸海底，果真變成抹香鯨，游上海面，噴出高高的水柱。野狗興奮大叫：「石頭真的變成抹香鯨！都是我的功勞，我好厲害！我好帥！」

野豬拿起第二顆白石頭，邊丟邊說：「這是鯨鯊。」

野狗跟著說：「這也是鯨鯊。」兩塊石頭碰觸海底，果真變成鯨鯊。野狗興奮得又叫又跳，完全忘記昨天還擔心會被風吹落海、變成落水狗的糗事。

「這是海牛，就是傳說中的美人魚。」

「這也是海牛，傳說中的美人魚。」當兩隻海牛冒出水面，野狗大喊：「萬歲！我這輩子第一次看到美人魚，我超帥！我好狂！我是神！」

「這是玳瑁！」

「這也是玳瑁！」野狗不知道玳瑁是什麼魚，直到看見兩隻玳瑁浮出海面，他恍然大悟：「玳瑁跟海龜長得好像！」

「這是獨角鯨！」

「這也是獨角鯨！」野狗聽過獨角鯨的傳說，好得意看到他變出來的獨角鯨在海裡優游……

白石頭全部丟完了，野豬說：「任務完成，我們該分道揚鑣了。」

野狗拉住野豬，說：「別急，我有問題想問你。為什麼我們做一樣的工作，你的烏雲比我大塊、雨水比我多、麵包果也比我大？」

野豬說：「是你自己說『分一半』，當然只有我的一半！」

野狗說：「不對！我的意思是『對半分』，不是你的一半，最好是可以獨享所有的烏雲、雨水和麵包果！」

野豬說：「小口，我也聽過你的傳說喔！你老是強迫別人與你分享，說好只咬一小口，卻咬到只剩一小口！」

野狗嚇一大跳：「你怎麼知道？你跟蹤我？」

野豬說：「你不是平白無故跟我走這一趟，就像我不是平白無故走這五年！」

野狗不肯承認錯誤，說：「這句話太深奧了，我聽不懂。」

野豬把兩條包袱巾當成領巾，給野狗綁上，說：「你剛剛說喜歡獨享？最好連我的麵包果一起吃掉？沒問題，我正式交棒給你！

接下來你得獨自運送神祕白石頭，你將變成傳說中的野狗小口。」野豬說完，鑽進高大的野草叢，不見蹤影。

「野豬別想溜！你一半、我一半，感情永不散。那首歌是怎麼唱的？與你分享的快樂，勝過獨自擁有……」野狗追著野豬，鑽進高大野草叢，消失無蹤。

作者說

真正的朋友會與你分享

有句話說，「快樂有人分享，就會加倍；痛苦有人分擔，就會減半」，快樂和痛苦都是無形的，「說」分就分，很容易。如果是你很喜歡的珍藏品，你願意和誰分享？如果是痛苦或噩運，又有誰願意與你分擔？答案只有一個：真正的朋友。曾經犯過的錯，不論是有心的或是無意的，都要付出代價。能夠在這時候患難與共、不離不棄，才是真正的朋友。

超馬童話作家

王家珍

出生於澎湖馬公。創作風格為正經八百搭配搞笑耍壞、黑色諷刺摻合溫馨感人、絕對自卑融合絕對自尊……大人小孩都適讀。

代表作有《虎姑婆》、《鼠牛虎兔》、《龍蛇馬羊》、《猴雞狗豬》、《生肖成語來報到》、《小貓老大歷險記》、《精靈的慢遞包裹》、《說學逗唱，認識24節氣》和《小可愛聖誕工廠》等。

火星來的動物園：熊惡霸

王文華

繪圖／楊念蓁

觀眾齊聲吶喊，狼角仙綁著必勝布條衝出去！

豬角仙等在那裡，等著用巨角輕輕一頂，那一頂，絕對讓狼角仙跌個七葷八素。

誰知道，狼角仙右邊三隻腳一抵，左邊三隻腳一轉，硬生生挪到另一邊，強而有力的後腿一踢，砰的一聲，豬角仙側邊受力，當場翻滾一百八十度，六腳朝天……

警察局裡響起掌聲，啊，那是大野狼和野豬警員嘛，他們值班太無聊，抓獨角仙做摔角比賽。

「再來一場。」

「再比一次。」圍觀的警察們喊著，「天下太平，摔摔角看誰贏。」

「比就比，誰怕誰。」大野狼警察說。

「第十八場，我的豬角仙準備復仇。」野豬警員一說，四周傳來一陣歡呼。

「我要報案。」有個小小的聲音，是一隻小羊：「我的帽子被風吹到樹上。」

「沒問題，我幫你。」大野狼警察像風一樣衝出去，像風一樣衝回來：「不好意思，我忘記狼不會爬樹。」

小羊眼角含著淚水：「我的帽子……」

大野狼從背後拿出一頂小花帽：「但是，我請長頸鹿來幫忙。」

「天下太平，摔摔角看誰贏。」小羊加入觀眾群，歡呼比剛才熱烈，狼角仙大戰豬角仙，兩邊勢均力敵，警察局長當裁判。

萬眾屏息。

全場注目。

「預備……」

「我要報案！」

「開始！」局長大手一揮，狼角仙衝出去了，豬角仙殺出去了，兩隻獨角仙的角狠狠的撞在

一起。

「加油，加油。」

「加油，加油。」

「我要報案。」

「報案不急，加油……咦……」大野狼連忙比個手勢，警察局立刻安靜，即使豬角仙把狼角仙頂到角落了。

「你說，你要報案？」大野狼興奮極了，親切的望著值班臺下那隻鴨媽媽。

最近，警察局生意慘澹，別說搶劫，連猴子偷吃香蕉的案子都沒有，所以大家才會在值班臺前看獨角仙比賽呀。

「你掉了鴨蛋？」大野狼猜。

「丟了飼料？」野豬警員問。

「還是飼養員忘了幫你們添水？」警員們全湊過來。

「我的鴨寶寶，跑進熊山。」鴨媽媽說，「你們快去救救他們。」

「你說熊山？」警察局裡的聲音當場小了。

鴨媽媽點點頭。

「真的是熊山？」膽小的警員都回到辦公桌前坐好了。

「這個熊山哪……」警察局長悄悄向後退，退退退，退退退，退到了局長辦公室門口。

「沒錯！真的是熊山，熊惡霸住的熊山。」鴨媽媽都快哭了。

火星來的動物園，誰不知道熊山呢？

熊山上，熊惡霸剛搬來。

熊惡霸渾身上下都是傷痕，棕色的熊毛東掉一塊，西掉一塊，一看就知道是打架留下的痕跡，看到他的樣子，北極熊和無尾熊立刻搬了家。

這隻熊惡霸，體格高大，叫聲洪亮，他搬來第二

天早上，站在熊山上吼了一句：「我的家，這裡是我的家……」

恐怖的叫聲，把留下來的熊貓和臺灣黑熊也嚇跑了。

從此之後，熊山上，只剩下這隻可怕的熊惡霸。

可怕還在後頭，如果有動物經過熊山下，熊惡霸還會衝下山，追著你不斷的跑：「我的家，這裡是我的家……」

膽小的猴子嚇得掉到樹下，一向動作慢的樹懶爺爺，跑得快心臟病發。

而現在……

警察局長清清喉嚨：「大野狼和野豬，今天你們值班，你們負責把小鴨鴨帶回來。」

「我們……那是熊惡霸……」大野狼還想發問，警察局長已經把門鎖起來，躲在門後拍著胸脯，默默祈禱小鴨別變成熊惡霸的點心。

大野狼看看野豬，野豬看看鴨媽媽，鴨媽媽傷心欲絕，於是，兩個警察硬著頭皮討論作戰計畫。

不能硬攻，熊惡霸的力量，比犀牛還可怕。

「一定要智取呀。」野豬警員把桌上的點心全掃下肚：「吃飽了，逃命才有力氣呀。」

他們決定兵分兩路，一左一右，熊惡霸無法分身來追，沒被追擊的負責把小鴨鴨帶回家。

「但是我跑得慢。」野豬警員從口袋掏出一塊三明治。

「所以，你別再吃了呀。」大野狼想勸他，那塊三明治卻已經進了野豬的嘴巴。

天氣很好，他們的心情很糟，因為後頭跟著一列看熱鬧的動物。

「小心點哪！」有動物說。

「我替你們求菩薩。」也有動物說，「萬能的上帝菩薩，保佑小鴨鴨能平安回家。」

「那我們呢？」他們問。

「你們自己想辦法。」動物們說。

熊山到了，野豬和野狼握了握手，分頭跑上熊山。

野狼想跑快一點：「熊惡霸來追我，野豬就能把小鴨平安送回家。」

野豬努力讓自己的腳步跨大一點，「熊惡霸追我時，野狼就去救小鴨。」

他們同時爬到了山頂：「熊惡霸，出來，別傷害可愛的小鴨鴨。」

「吼！」一聲怒吼，從熊洞裡傳出來，巨大的黑影，竄出熊洞，「吼！」

熊惡霸來了啦！

大野狼拔腿就跑：「你來追我呀！」

野豬朝後頭一滾，他想好對策了，跑是一定跑輸熊惡霸，但是野豬滾下山，誰也攔不住的快。

跑跑跑，

滾滾滾，

野狼的腰

受了傷，野豬的頭撞到了石頭，還好，他們都到了平地，四周響起一陣掌聲：

「太帥了，太酷了，太好了。」

啊，那是看熱鬧的小動物。

「沒什麼，沒什麼，應該

的，應該的。」野狼和野豬站起來，朝著大家拱拱手。

「真是謙虛的英雄。」

「真是動物園的楷模。」警察局長拿出榮譽勳章，正想套到他們脖子上時，鴨媽媽擠到最前頭問：「小鴨鴨呢？」

「你沒救出小鴨鴨？」野狼警察說。

「我以為你救了呀！」野豬警員說。

「你們怎麼還在這裡呢？」警察局長把勳章收起來：「快呀！那七隻可憐的小鴨鴨……」

「快呀快呀！那七隻可憐的小鴨鴨。」所有的動物齊聲吶喊，那巨大的聲音裡，還夾雜著鴨媽媽的叫喊：「我的小鴨鴨……」

再次鼓起勇氣。

野狼從左邊，野豬從右邊。

他們小心翼翼，剛才打草驚了熊，現在……

風很涼，風裡有點奇怪。

他們仔細一聽，草叢裡，有陣笑聲。

野豬警員和野狼警察偷偷抬起頭，然後都看到了……

那是幾隻黃毛小鴨在笑，笑聲細細碎碎，旁邊是熊惡霸，他也在笑，熊惡霸的笑聲粗粗的，低低的，千真萬確的是——他真的也在笑。

一隻小鴨爬在他頭上，兩隻小鴨扯著他的熊毛，把他的熊毛扯

掉一大塊，還有隻小鴨不要命了似的，正從後頭，一腳狠狠踢在熊惡霸的屁股上。

「那不是死定了嗎？」大野狼想。

「這下，絕對有他受的了！」野豬警員猜。

他們急忙用手遮

住雙眼，聽到熊惡霸大吼一聲，他們心裡同時默禱，可憐的小鴨鴨，然後同時把手放開，卻同時看到……

那隻小鴨鴨連一根羽毛都沒受傷，正追著熊惡霸踢：「別跑，別跑，讓我踢你屁屁。」

「你敢，你敢！」看起來兇巴巴的熊惡霸，竟然被小鴨鴨追到無處可逃，邊跑邊吼：「別過來，你別過來！」

「那你別跑！」所有的小鴨鴨喊著，那隻兇狠的熊惡霸竟然真的停下來，乖乖讓七隻小鴨鴨爬上去，搔癢咬毛拉腳踢屁屁。

「吼～呵呵呵，呵呵呵，吼～」熊惡霸的

笑聲傳得很遠很遠，火星來的動物園從沒聽見這麼大的笑聲，大家都跑過來，揉揉眼睛，不可置信的望著這一切。

「小鴨鴨，快回來。」鴨媽媽小心翼翼的喊。

「不要。」七隻小鴨同時說。

「那是熊惡霸。」所有的動物輕聲的說。

「我們是好朋友哇！」小鴨和熊惡霸異口同聲的說。

「可是那是他家。」警察局長朝小鴨們招招手，希望他們趕快跑過來。

「他說歡迎我們到熊山上玩。」小鴨鴨們把熊惡霸的肚子當成了跳跳床，跳得那麼用力，「他說，你們也可以來呀！」

「真的嗎？」所有的動物問。

「吼～我的家，這裡是我的家，歡迎大家來玩！」

熊惡霸一說完，大家都安心的笑了。

原來，他一直是要說：歡迎大家來玩！但大家從沒有把他的話聽完就逃跑了。

*

從那天開始，大家不只去熊山玩，連黑森林裡的糖果屋也歡迎小朋友參觀。

「我可以試吃一顆糖嗎？」胖胖的小妹妹問。

「當然，免費吃一顆。」尖尖鼻子的婆婆滿懷希望的說：「試吃不用錢。」

巧克力疊成小山高，小妹妹拿了一顆，嘗了嘗：「好吃！」

「好吃才跟大家分享啊！」婆婆指指四周，「歡迎品嘗。」

於是，小妹妹又試吃了棉花糖、汽水糖、咖啡糖和橘子糖……她愈吃，婆婆臉色愈難看：「那個小弟弟，你也來嘗嘗呀！」

「好哇好哇！」小弟弟的手才碰上那顆巧克力，嘩的一聲，疊得高高的巧克力全滾到地上。

婆婆笑瞇了眼：「每種只能試吃一顆，其他的要付錢。一顆巧克力一百元，你剛剛弄髒了七十三顆巧克力，賠七千兩百元。」

喀，手銬銬上婆婆的手，小妹妹拿掉假髮，是野豬警員。嚇白臉的小弟弟戴上墨鏡，是野狼警察：「你騙小朋友進來拿糖，弄倒了就要他們賠錢，對不對？」

作者說

愛與快樂 越分享越多

野人，大概是最樂得分享的上古好人了，一個冬日裡，他發現陽光真美，曬了太陽之後暖呼呼的感覺真好，所以千里迢迢跑去向國王獻寶，建議國王在秋冬暖陽之日，別忘了出來曬曬太陽，身體一定好。

國王聽了可愛野人的寶物，賞他什麼我不知道，但是對一個如此千古流傳，樂於分享的好人好事代表，我真覺得可以拿出來向大家再獻寶一次。愛與快樂，是愈分享愈多的。「野人獻曝」的故事裡，千年前的野人懂得這道理，相信讀完熊惡霸的你，一定也懂這道理。

超馬童話作家 王文華

臺中大甲人，目前是小學老師，童話作家，得過金鼎獎，寫過「可能小學任務」、「小狐仙的超級任務」，「十二生肖與節日」系列。

最快樂的事就是說故事逗樂一屋子的小孩。小時候住在海邊，長大了到山裡教書，目前有間小屋，屋子裡裝滿了書；有部小車，載過很多很多的孩子；有臺時常當機的筆電，在不當機的時候，希望能不斷的寫故事。

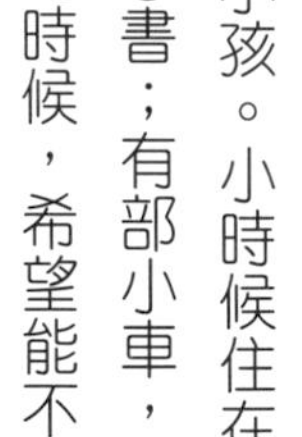

恐怖照片旅館：消失的遊樂園

顏志豪
繪圖／許臺育

「媽媽有件事要麻煩你。」

「什麼事情？」

「我這裡有個東西，可以麻煩你幫我交給狐狸巫婆嗎？」媽媽交給我一個信封。「聽說她開的照相館，是個很奇怪的地方，哪有人晚上才開門的啊？你可以幫媽媽這個忙嗎？」

「你都不擔心自己的小孩死掉嗎？」

媽媽一個箭步，緊抱住我。「你怎麼能說這種話呢，媽媽很愛你，你是個有福氣的孩子，不會發生這種事的。」她輕拍我的背。

「我不想去。」

「不要以為你之前半夜偷跑出門，去了哪裡，我都不知道。」

瞬間，一陣雞皮疙瘩爬滿我全身，原來我半夜溜去找狐狸巫婆，媽媽都知道。

我一下子找不到理由拒絕。

★

晚上十一點半，鬧鐘準時響起，我的眼皮沉重，費盡力氣，才勉強撐開一些。

但是，被窩好溫暖，我不想出去，不過如果沒幫媽媽完成任務，肯定被刮一頓。值得安慰的是，這次我不用再躡手躡腳，可以很「大方」的出門。

我的腦袋原本還在半休眠狀態，突然，有隻手緊抓著我的肩膀不放，我下意識想掙脫，但是那隻手像是捕獸夾，狠狠咬著我，根本無法掙脫。

我完全清醒了！

「你到底在幹麼？晚上天氣那麼冷，還不穿外套？」

原來是媽媽，「媽，你嚇壞我了。」

她硬把我塞入大一號的羽絨外套裡，讓我看起來像隻愚蠢的胖企鵝。

今晚的風有點大，甚至飄點細雨，幸虧這件外套夠厚，讓我不感覺冷。

不過，我是不會因此感謝媽媽的，我寧願冷死，也不想變成一隻呆呆傻傻的胖企鵝。

＊

十二點，狐狸巫婆的照片館準時營業，山洞外頭的兩根詭異的蠟燭，還是沒有熄滅，陰風陣陣。

「你怎麼又來了？」

「媽媽要我拿東西來給你。」

狐狸巫婆打開信封，好像是一張票券，她笑了一下，「幫我謝謝媽媽，跟她說，我會

慎重考慮的。」

說畢，她便闔上雙眼，開始摸著桌上的水晶球：「沒想到她也想去遊樂園玩，你願意帶她去嗎？」

「誰？」

「照片旅館的主人。」

「小可！」我脫口而出，想起自己答應過她要再回照片旅館，但是日子一過，又懶了。

「我怎麼帶她去？」

「把你的回憶賣掉，只要你把之前跟爸媽去遊樂園的回憶賣掉，你就能帶她去遊樂園。」

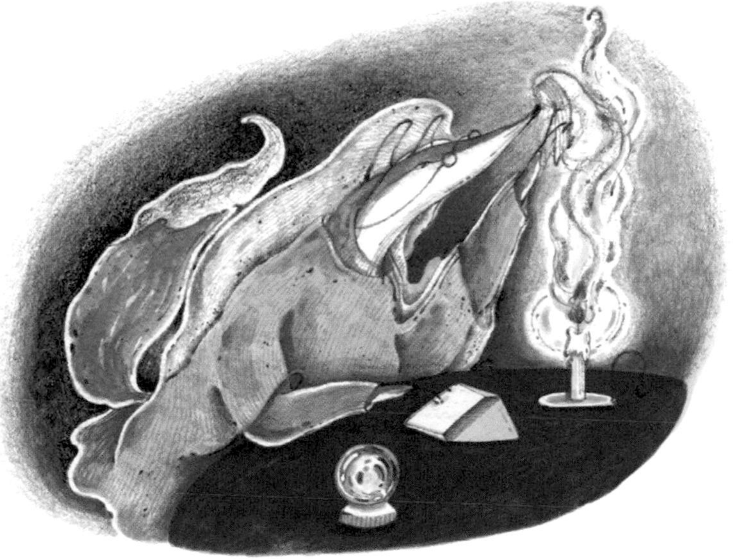

剎那間，我懂了。

依照經驗，如果是鬼相機拍出來的鬼照片，在鬼照片中找到門的話，便能進入照片旅館，但是從照片旅館出來之後，這張照片跟回憶將會全部消失。

「我才不要！」

「這就不關我的事了。」狐狸巫婆睜開眼睛，不懷好意笑著。

回到家時，已經兩點半，我一點都不想睡，翻找出所有的照片，果然有一張照片，是到遊樂園玩時，爸爸幫我拍的獨照。當時爸爸的底片沒裝好，全部曝光，只有成功留下這一張，那是很美好的回憶。

對不起！小可！有許多事情，我無法跟你分享。

我起了一個壞念頭，若是把照片旅館的事全部忘掉，所有的事就不用煩惱了。而且這張照片是爸爸使用別臺相機拍的，並不是鬼相機拍的照片，我就更不必擔心了。

既然決定了，就不要再多想。

日子一天天過去，我卻發現一件相當怪異的事。

「媽，你還記得小時候，我們一起去動物園玩的事嗎？」我看著電視上的動物頻道問著。

「你記錯了吧？我們從來沒有去過動物園。」

「媽，你最近的記憶力是不是不好哇。」猛然，一個想法闖進我的腦中，「不會吧！」

我衝進房間，鎖上門，看著一張又一張的照片。

「天哪！小可，你不可以這樣做！」

只要是鬼相機所拍出來的照片，不少都失去了原本的色彩，成了絕望的黑色，這代表之前的回憶，正在一個一個消失。

不！我絕對不允許。

我立刻拿出遊樂園的照片，並找出一張由鬼相機所拍的照片，那是一張沖洗壞的照片，整張照片只有曝光的痕跡，什麼都沒有。

我讓兩張照片面對面貼著，拿著媽媽的熨斗，用力熨著，慢慢的，照片黏合在一塊。

趁熱撕開之後，遊樂園的影像真的成功轉印在鬼照片中，而且照片旅館的小門也出現了。

真是太幸運了。

叩叩叩，我用手指輕敲照片的小門，照片旅館的門終於再度打開，我心想：該去見我的老朋友了。

叮咚，電梯開門。

我又回到這個大樹上的照片旅館，奇怪的是，這裡變得像是一片廢墟，沒有風，也沒有清脆可愛的鳥鳴，了無生機，儼然就是個死城。

「小可，你在哪裡？」

她沒有任何回應。

「小可，對不起，我沒有遵守再度回來的約定。」

不過無論我怎麼呼叫，她就是沒有回應，看來她躲著我了。她會在哪裡呢？

我想起上次的那個房間，位在旅館的最上頭，我開始攀爬樹枝前進，幾度失手，都差點讓我掉入深淵。好不容易到了，房門是打開的，直覺告訴我，她就在裡頭；房間裡面一片漆黑，我果然在牆角發現了她。

「對不起，我違約了，請你原諒我。」

「為什麼你們都要欺騙我？」

「對不起，」我相當慚愧，「走吧！我們一起去遊樂園玩吧！」

我伸出手來。

「我以為你不會再回來，所以我做了一些不好的事，把許多舊照片的回憶刪掉了。」小可低著頭說。

「是我不對，」雖然我心裡相當生氣，但是我先違背約定的，我沒有立場苛責她，「我在照片旅館裡頭，蓋了一座遊樂園。」

「真的嗎？」

聽到遊樂園，她瞬間活了過來。

我拉著她的手，走出房外，果然在房間旁邊，新長出一根粗壯樹枝，上頭有一間特別大的新客房。

走過樹枝，我掏出口袋的遊樂園照片，門號跟照片的日期相同，我把照片靠在房門上，嗶的一聲，房門解鎖。

推開房門，一股繽紛的歡騰氣氛，迫不及待的往房門外湧，死氣沉沉的照片旅館，頓時繽紛歡樂。

「進來吧，真的很好玩！」

我帶著她體驗各式各樣的遊樂設施，遊樂園真的可以讓人暫時忘記所有的不愉快。

「謝謝你完成我的夢想，我真不敢相信，我能來到遊樂園，等一下我還要去玩碰碰車。」小可臉上堆滿笑容，跟剛才簡直判若兩人。

小可沉浸在遊樂園的歡樂。

但是，想到這段回憶在我與小可分享之後，將會全部消失，真的好捨不得那段和爸媽一起創造的美好回憶。

「我們去坐摩天輪好嗎？」小可拉著我的手。

這句話像是一道雷，往我的腦袋狠狠霹了一下，這不是當時爸爸跟我說的話嗎？

「你不想坐嗎？」小可說。

「沒這回事，我們去坐吧！」

夜晚的遊樂園真是美麗，從摩天輪往下看，各式各樣繽紛的燈火點綴著夜色。

「謝謝你，真的好美。」小可瞇著眼睛對我說。

記得當時坐在摩天輪上，只有我和爸爸，媽媽患有嚴重的懼高症，所以在地面等我們。

「兒子啊，我感覺到你最近似乎在吃醋。」

「有嗎？」

「你覺得我們比較照顧妹妹，不愛你了。」

我沒有說話，因為我內心的心事，被爸爸猜中了。

「其實，爸媽還是一樣愛你，只是妹妹剛出生，需要照顧，你現在已經是哥哥，可以照顧自己了。」

我點了點頭。

「爸爸只是想告訴你，如果你願意分享你擁有的東西，你將會獲得更多。」

我點了點頭，我不想當一個自私的哥哥。

「你怎麼了？」小可問。

「沒事。」

「我可以跟你分享一件事嗎？」

「你說。」

「其實我是個孤兒，從小就被送到孤兒院，總是很羨慕別人能去遊樂園玩，但是從來沒有人可以帶我去。」小可望著底下像是玩具的迷你遊樂園，晶晶亮亮的美麗燈光說：「謝謝你願意把這段珍貴的回憶分享給我，讓我美夢成真。」

沒想到她的身世是這樣可憐……一時之間，我不知道該說什麼，只簡單回答：「小事情。」

她繼續說：「希望下次你能再來陪我玩。」

我點頭微笑，對她說：「謝謝你願意和我分享你的心願。」

剎那間，我才了解——分享原來是這麼快樂的一件事。

這一次，她沒有為難我，我很順利的回到現實的世界。

「兒子，感謝你之前幫媽媽的忙，你不是很渴望去遊樂園玩嗎？這個週末我們就去遊樂園玩吧！」

「真的假的？」

「太棒了！我終於要去遊樂園了。」

「而且，還會有個神祕嘉賓跟我們一起去。」

「誰呀？」

「祕密。」

作者說

歷經考驗的朋友？

恐怖照相旅館的故事，已經要進入下半段，小兔小姐與吉米三世從陌生到認識，看似成了朋友，但對彼此好像又不全然的信任。故事最後會怎麼發展呢？你是否喜歡這棟既神祕又恐怖的照相旅館？

故事會怎麼樣發展，其實我也不知道；因為這些故事總是在深夜我睡著時，電腦便自行開機，自動寫著這個故事……

超馬童話作家

顏志豪

臺東大學兒童文學博士，現專職創作。

拿起筆時，我是神，也是鬼。放下筆時，我是人，還是個手無寸鐵的孩子。

FB粉絲頁：顏志豪的童書好棒塞。

鼴鼠洞第33號教室

亞平

繪圖／李憶婷

鼴鼠洞第33號教室是自然教室，這是一間會讓人「哇——」一聲的教室。

一進教室，桌子上擺滿了各式各樣的鮮花，「哇——太香了！」森老師說：「今天我們要來認識常見的開花植物。」

一進教室，展示臺擺滿了各種小動物的糞便，「哇——太臭了！」森老師說：「是的，唯有了解各種糞便，才能『知己知彼，百戰百勝。』」

一進教室，教室中間用泥土堆成了大大的火山模型，「哇——太酷了！」森老師說：「知道火山爆發是怎樣的情景嗎？今天我們就來震撼一下。」

那一節課，同學們的尖叫聲差點把教室的門窗都震飛了。大家都說：「森老師的自然課，太有趣了。」

*

今天，又要上自然課了，阿力、阿發、阿胖好期待，森老師會帶給大家驚喜還是驚嚇呢？門一開，大伙兒又叫起來：

「哇——太美了！教室怎麼

變得這麼美呢？」
教室裡插滿了各式各樣、大大小小的蠟燭，燭光搖曳中，教室變得好浪漫，好有氣氛。
「我知道，」阿胖叫起來，「今天一定是森老師的生日，老師想要開慶生會，故意點上許多蠟燭，好讓我們大家一起吹蠟燭、吃蛋糕。」
阿胖的一番話，讓小鼴鼠們

的心都砰砰跳，充滿期待。

森老師進來了。

他大聲的向同學們問好，然後，撥撥頭髮（這是森老師的招牌動作，他最寶貝他的頭髮了），對著小鼴鼠們說：「看到教室裡的布置嗎？知道今天要上什麼課吧？」

大家興奮的點點頭。

「等一下，一人選一根蠟燭，然後聽我的口令把它吹熄。」

大家笑得更開心了。

「吹熄後，先不要急著把它點亮。要觀察一下煙的飄動方向、蠟油的滴落，然後，每個人都要上臺來報告。」

小鼴鼠們聽完森老師的話，怔怔的你看我，我看你。

「請問，什麼時候吃蛋糕？」阿胖問。

「蛋糕？」森老師一臉迷惑。

「今天不是老師的生日嗎？我們不是要吹蠟燭、吃蛋糕？」

「哈哈，阿胖，你想太多了。」

森老師又撥撥頭髮，「今天，不是我的生日。今天，我們要上的是蠟燭的構造。在地洞裡，蠟燭是很重要的照明工具，它的使用方法，我們一定要了解。怎麼樣，同學有問題嗎？」

「唉——」大家哀怨的叫了一聲。「好失望啊！」

「放心，這節課也會很有趣的。」森老師又撥撥頭髮。

上完課，三隻鼠馬上衝到阿胖家去。

阿胖媽媽剛做了好吃的「鳥蛋松子煎餅」，香極了，三隻鼠一下子就吃掉一大盤。

吃完點心，阿胖提議：「今天的課好有趣，不如，我們馬上就來做森老師交代的功課。」

森老師今天給的功課很簡單：大家回家找一根蠟燭點燃，然後做觀察紀錄。

在地洞裡，每個家庭都備有許多蠟燭，找一根蠟燭不是難事。

阿胖快手快腳的拿來一根短短的蠟燭。

阿力看了看蠟燭說：「這根蠟燭好像不大一樣。」

「沒錯，」阿胖說：「這是小矮人送我的。」

「河邊的小矮人嗎？他好古怪。」阿發問。

「他為什麼要送你蠟燭？」阿力問。

阿胖想了一下說，「大概是因為我無意中幫他搬走了擋在地洞前的大石頭吧。」

阿力看了看蠟燭說：「搞不好小矮人的蠟燭特別耐用呢！」

不過，短蠟燭不好點燃，因為燭蕊很短，很難瞄準。

三隻鼠試了一次又一次，好不容易才成功點燃。

「太好了，我們開始觀察吧。」阿發說。

★

突然，一個怪聲音傳來：「**看看我～～看看我～～**」

三隻鼠你看看我，我看看你。

「**就是你～～就是你～～**」

聲音來自後面。

三隻鼠怯怯的轉過頭去——天哪！牆上一個大大的影子在搖來晃去，然後是可怕的聲音：「**不要走～～不要走～～**」

三隻鼠嚇壞了。

阿力當機立斷，馬上轉身吹熄了蠟燭，燭光一滅，牆上什麼東西都沒有了。

「這——是——什麼東西呀？」阿發嚇得舌頭都打結了。

「我也不知道。」阿胖也臉色發白。

「嚇死人了。我

要回家了。」

「我也要走了。」

三秒鐘之內，兩隻鼠馬上離開，只留下阿胖著急大喊：「別丟下我呀！這蠟燭——怎麼辦？」

＊

第二天見面時，三隻鼠的臉色還都有些發白。

阿力問阿胖：「那根短蠟燭呢？」

「我把它丟了。」

阿發說：「丟的好。小矮人的東西一定有詐。」

阿胖說：「可是我覺得小矮人應該不會害我呀。」

阿發說：「來歷不明的東西還是小心點，萬一跑出一隻大怪獸，我們就完了。」

三隻鼠同時點點頭。

第三天，三隻鼠一見面，第一句話就是：「那根蠟燭……」

阿胖說：「我——」

阿力搶先說：「我在想，我們是不是再點一次，看看是什麼鬼怪？」

阿發說：「我也這麼想。」

阿胖說：「我早就這麼想了。」

一上完課，三隻鼠馬上跑回阿胖家。

阿胖已經把蠟燭拿出來了。

「你不是把它丟了？」阿發問。

阿胖機靈一笑，「我是把它丟到櫃子裡呀。好歹這也是小矮人送給我的禮物，我要留著做紀念。」

「好了，快，我們再試一次。」阿力說。

「這次一定不要被嚇到。」阿發說。

阿胖小心的點燃蠟燭，燭光亮了，牆上出現了一個大大的怪影子。

「**看看我～～看看我～～**」影子又呼喊起來。三隻鼠身子挨著身子，手握著手，還是阿力最大膽，他大聲回應：「我們已經看著你了，你有什麼事嗎？」

「**救救我～～救救我～～**」

「為什麼要救你？救了你，我們該不會遭殃吧！」阿發說。

「**摸摸我～～摸摸我～～**」只見影子怪物把手伸出來，它是那麼的急切，那麼的渴望。

阿胖忍不住伸出手去。

阿力拉回阿胖的手，大聲警告：「不要亂摸，萬一被吸進裡面就完了。」

阿胖的手一放下，影子開始又哭又鬧，切切呼喊：「**就是你～～就是你～～**」

「為什麼是我？我能幫你做什麼？」阿力問。

牆上的影子突然快速的晃動起來，接著，出現了一個一個奇怪的影像，速度很快，三隻鼠看得眼花撩亂，什麼也看不清楚。

「我知道了。」阿胖突然大喊，「他想要告訴我們他的故事。」

「是嗎？」阿力和阿發對看了一眼。

阿胖上前一步，對著牆上的影子說：「你是不是想要說說你的故事？」

牆上的影子點點頭。

「可以慢一點嗎？」

阿胖一說完，牆上的影子突然消失，一切歸於寂靜。

蠟燭還在燃燒，細細的煙柱往上飄，室內時暗時亮。

三隻鼠對看了一眼，這怪影子會有什麼特別的故事呢？

三隻鼠的心中現在是好奇多過恐懼。

突然間，影像又出現了。

這次的影像不再是那個鬼哭神號的怪物了，而是一根小小的羽毛，在天上飄哇飄，飄過高山，飄過森林，飄在小熊的身上，又飄到了小兔子的耳朵上。小兔子覺得耳朵發癢，輕輕一揉，小羽

毛就掉到山洞裡——

阿胖、阿發、阿力看得目瞪口呆，這是他們從沒看過的、非常奇妙的光和影，他們漸漸看明白了一些事。

影像最後，又出現了怪物的手，一隻大大的手盤踞在牆上，然後是怪物低沉又懇切的呼喊：

「**救救我～～救救我～～**」

這時，阿胖不顧一切的走上前，摸住了怪物的手。

阿力也是。

阿發也是。

三隻小小的手掌，緊緊的摸住牆上那隻虛無的手。

突然間，蠟燭爆出激烈的火光，室內忽明忽暗。

又到了上自然課的時間。

這次的上課重點，是蠟燭燃燒的觀察報告，小鼴鼠們都有備而來。

森老師坐在教室前面，一面聆聽小鼴鼠們的報告，一面打分數。他不時面帶微笑，撥撥頭髮說：「嗯，報告得真好哇！」

接下來輪到阿胖這一組報告了。先由阿力報告觀察的心得；接著，阿發報告實作結果；最後，阿胖拿出短蠟燭來。

阿胖說：「大家看看這根短蠟燭？有什麼不一樣的地方？」

大伙兒搖了搖頭。

「剛開始，我們也覺得這是一根平凡無奇的蠟燭；但是，當我們把蠟燭點燃後，竟然發現，這是根神奇的蠟燭！蠟燭裡竟然藏著一位精靈——羽毛精靈。羽毛精靈無意中飄進牛油桶裡，被製成蠟燭，從此，他就困在蠟燭裡。他試了好多的方法想要逃脫，卻怎麼也走不了，直到遇見我們三個。

我們三個只是用手覆蓋住他的手，竟然就將羽毛精靈帶離了蠟燭的囚禁。他非常感謝，他說為了致謝，要為我們帶來最後的一場光影表演。表演之後，他就要飛到外面的世界，再次自由的生活了。

我們三個都覺得，這件事非常神奇，所以，今天，我特地把蠟燭帶來，希望大家都來看一看羽毛精靈最後一場特別的演出。」

森老師第一個站起來，他激動的說：「什麼？蠟燭裡竟然有羽毛精靈？快，讓我開開眼界吧。」

所有的小鼴鼠們也跟著鼓噪起來。

三隻鼠點點頭，阿胖熟練的點燃短蠟燭，阿力阿發拉上窗簾，

教室裡馬上安靜下來。

空白的牆上，先是出現了一些沙沙的、黑黑的影子；不久，影像變得越來越清楚，是什麼呢？是——

一根小小的羽毛，在天上飄哇飄——

小羽毛飄到山洞裡，伴著一隻蛇度過了長長的冬眠。春天來了，蛇出洞了，小羽毛也跟著出洞了，一不小心，卻飄到溪流裡——

最後，小羽毛沾附在牛背上，被帶進牛舍裡。牛尾一甩，竟然將他甩進一桶牛油裡。牛油被製成蠟燭，小羽毛就此被囚禁在蠟燭裡——

這節自然課，教室裡傳出有史以來最大的「哇——」「哇——」聲。大家看得目瞪口呆、目眩神迷，從來沒想過，光和影竟然也可以說出這樣一個特別的、令人印象深刻的故事。

故事結束，蠟燭熄滅，突然間，所有的鼴鼠們都感覺到教室上空一陣清風吹過，這陣風拂過他們的每一根毛髮，觸感無比輕柔。

「是羽毛精靈嗎？」一隻小鼴鼠問。

阿力點點頭。

「羽毛精靈走了嗎？」

「應該是。」

熱烈的掌聲響起，久久不散。

森老師說：「太棒了，我從來沒看過這麼精采的光影秀。阿胖、阿力、阿發，你們表現得真好。這學期你們的自然課分數：一百分！」

三隻鼠高興得跳起來：「謝謝森老師，哦～～耶！」

作者說

和好朋友一起分享新發現

鼴鼠洞學校的簡易式電影院開張了，就在自然教室裡。
他們沒有新穎的設備，只有一根蠟燭和一面光裸的牆。
可是，簡單的光影遊戲，一樣精采好看！
尤其又和好朋友們一起分享，分享的感覺更令人回味無窮。

超馬童話作家 亞平

臺東大學兒童文學研究所碩士，國小教師、童話作家。投入童話創作十幾年，燃燒內心的真誠和無窮盡的幻想，為孩子們帶來觸手可及的愛與溫暖。喜歡閱讀、散步、旅行、森林和田野，尤其迷戀迅即來去的光影。

曾榮獲九歌年度童話獎、國語日報牧笛獎、教育部文藝創作獎等，著有《月光溫泉》、《我愛黑桃7》、《阿當，這隻貪吃的貓！》一～三集、《貓卡卡的裁縫店》一～二集、《狐狸澡堂》一～二集。電子信箱：yaping515@gmail.com。

國家圖書館出版品預行編目（CIP）資料

超馬童話大冒險 . 4, 大家來分享 / 賴曉珍等著
; 陳銘等繪 . -- 初版 . -- 新北市 : 字畝文化出版 :
遠足文化發行 , 2019.12
面； 公分
ISBN 978-986-5505-05-9(平裝)
863.59 108018312

XBTL0004

超馬童話大冒險4 大家來分享

作者｜王淑芬、劉思源、林世仁、賴曉珍、王家珍、王文華、顏志豪、亞平
繪者｜蔡豫寧、右耳、李憶婷、陳銘、陳昕、楊念蓁、許臺育

字畝文化創意有限公司
社　　長｜馮季眉
編　　輯｜戴鈺娟、陳心方、巫佳蓮
特約主編｜陳玫靜
封面設計｜許紘維
內頁設計｜張簡至真

讀書共和國出版集團
社長｜郭重興　發行人｜曾大福
業務平臺總經理｜李雪麗　業務平臺副總經理｜李復民
實體書店暨直營網路書店組｜林詩富、郭文弘、賴佩瑜、王文賓、周宥騰、范光杰
海外通路組｜張鑫峰、林裴瑤　特販組｜陳綺瑩、郭文龍
印務部｜江域平、黃禮賢、李孟儒

出　　版｜字畝文化創意有限公司
發　　行｜遠足文化事業股份有限公司
地　　址｜231 新北市新店區民權路 108-2 號 9 樓
電　　話｜(02)2218-1417
傳　　真｜(02)8667-1065
客服信箱｜service@bookrep.com.tw
網路書店｜www.bookrep.com.tw
團體訂購請洽業務部 (02)2218-1417 分機 1124
法律顧問｜華洋法律事務所　蘇文生律師
印　　製｜中原造像股份有限公司

2019年12月4日　初版一刷　2023年5月　初版六刷　定價：330元
ISBN 978-986-5505-05-9　書號：XBTL0004